終着駅の手前

佐竹　忠

目次

出版社からの電話（まえがき）

佐竹忠は出版社からの電話を受け取った。それは仕事中カギの取り付けが終わった直後、道具の片づけをしている時のことである。道具を抱えたまま車に戻りながらの携帯電話を片手に持っての行動であった。

「本はこの間書いたばかりです。いま原稿を出版社に渡して校正しているところです」

しかしそれは全く違った出版社からの電話で、そんな答えが通じる相手ではないことが分かっていながらこのような返事を平気でする男である。

佐竹忠七十八歳、長い人生の終わりに差しかかった老人である。頭はたいして良くないが知恵が異常に回る男だ。そのせいか、それとも育ちの悪さからくるものか、非常に口の悪さが目立ち、そして少しばかり根性の悪さも持ち合わせている。しかし一方で正義感は人一倍強いものを持った、どうにも始末の悪い男だ。脱サラでカギ屋の商売を始めてから二十五年目を迎えていた。

この男七十五歳の時に本を一冊書いていた。その為に時々出版社からの電話がある。

最近は本が売れない時代であり、出版社もいろいろ考えている。本を書きそうな素人を見つけて本を書かせ自費出版させているのである。自費出版であるから出版社のリスクはゼロだ。間違って売れるものができればそれは出版社の丸儲けである。書いた本人には売れた分だと言って少しばかり印税を払ってごまかしておけばよい。いくら売れたかは本を書いた本人には全く分からない仕組みである。

今日の電話もそのたぐいの一つであった。それがこの男は分かっているからろくな返事をしないのである。それでも向こうは何とか商売に結び付くかもしれないとの期待から訪問を望んできた。人に会うのは苦にならない男である。会っていろいろ試してやろう、その様な方向にすぐ頭が回った。人生を長く生き、たくさんの経験を積んできた男である。人を見抜く洞察力には人一倍優れたものをもっていた。

七十五歳の時に書いた本は、吉田松陰が明治維新の時書き残した、幕府に対する建白書のような内容の本である。『我総理大臣なりせば』の題名のとおり、現在の政治家と政府役人をバカ呼ばわりしながら、このようにすれば今後日本は世界の一等国になれると書き残してある。そして二作目は一変してビジネス小説である（『朝ぼらけ』アマゾンから発売）。短編であるが、現代のサラリーマンにとって教書となるようなことが随所に見られ、この男の人生経験の豊富さを知ることができる内容だった。

いずれにしても無学無門の男がどうしてこのような本が簡単に書けるのか不思議だ。聞くところによると、小さい時から他人の意見に従わず自分独自の知恵と工夫で世の中を生きてきた節がある。中学生の頃には先生も手に負えないような大人顔負けの理屈をこね、しかもその理屈は一本筋が通ったもので、大人も一目置くような言動であったと聞く。これは世にいう天性なのかもしれない。

この男、高知県の片田舎に生まれ、貧乏家庭であった為に義務教育以外学校に縁のないまま育った男である。従って英語も数学も分からないバカだ。しかしこの太平の世に奇想天外な生き方をしてきた過去を持っている。

この過去に興味があった。そしてこの過去を史実に基づいて物語としてつづってみたくなった。「田舎時代」「サラリーマン時代」「カギ屋の時代」と三編に分けてつづることにする。『終着駅の手前』の題名は、よわい八十歳を前にして人生の終着駅に限りなく近づき、その一つ手前に差しかかったところである。それをそのまま題名とした。従ってこの物語を書き終わらないうちに終着駅まで行く危険性もある。なお史実を忠実に表現する為に、登場人物、会社団体等は可能な限り実名で表現させていただくことをお断りしておく。そして人物の敬称を略させていただく。登場人物の大部分はすでに天国に召された方々もいる。このこと天国に向かってお願いしたい。

「吉凶は動より生じる」

易学の言葉である。この男はサラリーマン時代、左遷を吉に変え、会社を首になって転職し、更に吉を呼び込んで進む。そして鍵屋の商売を始めてから更に吉運が強くなった、その度に「これは俺の力だけではない、天国の誰かが俺を助けている」そう心の中で叫び続けた。

「田舎編」

中学生の頃

佐竹忠のクラスは、父親が戦争に駆り出されて日本の出生率が非常に低かった頃の年代で、クラスの人数は男女合わせてわずか十四人の少数クラスであった。まだ戦後の食糧難時代の真っただ中で、小さな棚田に丁寧に稲を植えてコメの増産に励んだ頃にこの男の中学生時代が重なる。昭和二十八年から二十九年にかけての物語である。

子ども達にも学校の勉強よりも家の手伝いが優先された時代であった。現代ならば児童虐待で親は世間から大きな非難を受けるようなことを、子ども達に平気でやらせた時代である。そうしなければ一家が飢え死にする生活環境であったのだ。それは佐竹の家庭だけでなく全部の世帯がそのようであった。

一つ断っておくことがある。この男の戸籍を見ると、幼少のころ一家六人で父方の姓、押谷（オシダニ）家から母方の遠縁にあたる佐竹家に、家族ごと養子縁組となっている。養子となって佐竹家に入ってから二人の子供が生まれて六人兄弟となった。養子となった時、長女明美と長男忠はすでに学校に通っていた。従って明美も忠も、中学を卒業するまで父方の押谷性を名乗って学校に通っていた。従ってこの「中学生の頃」に限って押谷忠で物語を進める。この男の中学生時代をひも解いていくと、数えきれない程のエピソードを作り上げているが、その中の代表的なものだけ二、三取り上げてみる。

押谷忠が中学二年生の時に、中学校の新築校舎が完成した。その校舎は川を渡った所にある田んぼをつぶして作られていた。従って冬になると川風が吹いて校庭は寒かった。南国高知といえども冬は雪も降るし氷も張る。その校庭を毎朝授業の前に生徒達は走らされた。それが嫌で友達安光政一（ヤスミツマサイチ、無二の親友であったが既に故人となった）と二人で、学校の近くに隠れて走るのが終わるまでそれを見守った。しかし先生もさるものである。二人がいつもいないことに気が付き職員室に二人が呼ばれた。

「お前達より遠いところからきている人達がみんな走っている。明日から遅れないように来て走れ」

仕方なく走ることにした。しかし寒い。忠は小さい頃アレルギーがあって、寒い風に当たると顔にホッパン（ぶつぶつができて腫れ上がる）ができた。そして人一倍の寒がりである。寒さに耐えきれず、ズボンのポケットに両手を入れて走っていた。すかさず職員室からマイクを通じて声が飛んだ。

「押谷はポケットから手を出して走れ」

この声に忠は激怒した。堪忍袋の緒が切れたのである。人一倍堪忍袋の緒は切れやすい男だ。親がこの子を作るとき、手を抜いて弱い紐で堪忍袋を作ったに違いない。そして文句をつけている先生は、この男が毎日、目の敵にして喧嘩をしいている相手である。突然走るのを止めた。そして校庭に置かれた段の上に上った。校庭には毎朝朝礼の時、先生が立って訓示を述べる為の木製の段がおかれている。そこに上った忠は職員室に向かって喧嘩を売った。

「今マイクで怒鳴った奴は、出てきて生徒と一緒に走れ、この寒い中、生徒だけを走らせておいて、自分たちは股火鉢で号令だけをかけている。それが民主主義の教育か、五分だけ待ってやる。五分経って誰も出てこなかったら、皆で走るのは止めるぞ」

この頃日本は、戦争に負けてアメリカの影響を強く受け、民主主義という言葉が独り歩きした時代であった。忠もその言葉を喧嘩の口上に取り入れて怒鳴った。このような悪知恵は非常にはたらく男である。

五分が経った。しかし忠の見幕にビビった先生方は、誰も外に出る勇気がなかった。

そして忠は反対を向いて、今度は走っている皆に向かって号令をかけた。

「今の俺の話を皆聞いたな。五分経っても誰も出てこない、もう走ることはないぞ、皆走るのは止めて教室に入れ」

一斉に走るのを止めて教室に入った。皆も走るのは嫌だったのである。朝川風のなかを走っていれば、手は凍えて一時間目の授業は鉛筆を握ってもろくな字は書けなかった。この喧嘩は忠の勝ちである。この喧嘩を境に、生徒達が寒い校庭を朝全員で走る光景はなくなった。

そしてその日の授業が終わった。

「火鉢を三個作って、それぞれの教室に置こうぜ」

そういう相談がまとまった。その頃の生徒数は少なく、一年生、二年生、三年生で三個あれば全教室に行き渡った。戦争中に松根油（ショウコンユ、松の木からとる油）を採っていた人がいて、沢山のドラム缶を持っていた。穴が開いて使い物にならないのを二本もらって、大八車で鉄工所に運んで酸素で切ってもらった。お金を払った覚えはないので、たぶんタダでやってもらったようである。四十センチぐらいの高さの物を三個作って学校に持ち帰り、赤土を練って底の部分と周りの壁に赤土を練りつけて、灰を入れて火鉢は完成した。勉強はしないが、こんな作業は手順よくこなす能力を持っていた。

「炭は皆が持ち寄ってきて焚け」

その翌日から、生徒達はかじかんだ手で鉛筆を握ることはなくなった。この時代、ほとんどの家庭で木炭を燃料にしていた時代である。しかも忠が育った地域は、その木炭の生産地であった。現に忠の家庭も安光の家庭も、農業の傍ら炭焼き業で生計を立てていた。中学生になれば、火の熾し方も火の始末も、他人の指示を受けなくてもきちんと誰もができた時代であった。

子ども達がやったこの行為に対して、先生方が一言も文句をつけてくることはなかった。押谷忠という男は、中学二年生でこんなことを平気でやる男である。理屈に合わない学校の規則に逆らって常に先生と対峙した。この精神は大人になっても変わることはなく、その為に周りの人達と度々トラブルを起こした。勉強はしないが仕事はできた。今の子ども達とは全く正反対である。これも、生活に追われていた時代の子どもの知恵であったのだと思う。今は勉強ができても、こんな気転は全く利かなくなっている、それは子ども達が悪いのではなく、そのような対応を必要としない世の中になったからだと思う。

中学生にもなれば立派に大人に混じって労働に従事した時代である。農作業や山仕事（炭焼き）など、大家族の生活を支える為にみんな働いた。特に忠は六人兄弟の長男であった。爺さん婆さん両親と全部で十人家族の大世帯である。その時代は学校の方も、農作業が忙しい時期を選んで、農繁休業といってその為に学校を休みにした時代である。今では考えられない制度であるが、それだけ食に困った、労働力の不足した時代であったのだと、読者諸君にはご理解いただきたい。

このような生活の中で、またまた先生との間に問題を起こしていた。四、五日休みが続く、その為に当然学校の勉強は遅れる、それを少しでも補う為に先生は宿題を出す。その宿題を忠は一切やっていなかった。それを先生から責められる。忠は腹が立った。

「なんの為の休みか分かっているのか」と先生に食ってかかった。全く始末に負えない男である。しかし忠が宿題をやっていないことには大きな理由があった。

「休みの期間中俺が何をやっていたのか、お前らは分かっているか」

忠は心の中でそう叫んだ。しかし口に出さなかった。口に出していれば先生も少しは斟酌したかもしれない。毎日喧嘩をしている相手に対して同情は乞いたくなかった。

本人が言わないので、彼を弁明する為にその理由を述べておく。田植えの時期は忙しい、どこの家庭も猫の子の手も借りたいような忙しさである。当然に子ども達にもその負担はかかった。それどころか忠は田植えの主役をこなす存在であった。すなわち代掻きである。その時代耕運機はなかった、牛である。牛にかなこ（代掻きに使う農機具）をつけて、一日中、水田の中の作業である。夕方には体力が消耗して動くことさえ嫌になる。しかし農作業が終わっても忠は休むことはできなかった。牛の世話である。泥田を一日中動き回った牛は体全体が泥んこである。これを谷に連れて行ってバケツで水をかけながら洗ってやる。それが終わると、今度は牛の飼葉を作って牛に食事をさせる。明日に備えて牛の世話をしておかないと翌日の仕事に差し支える。それから自分が体を洗って泥を落とし、食事をして風呂に入る。その頃はもう夜の九時を過ぎる。あとは死んだように朝まで目は覚めない。この作業は何日も続く、とても宿題などできるものではなかった。大人でも代掻きは大変な作業である。それを十三歳の子供がやるのだ、人間の持つ体力の限界をはるかに超えていた。

　この地区では「手間かえ」と言って、四、五軒の家がグループを作り、大勢の人で一度に田植えをする制度があった。すなわち手間を借りて、手間で返す。牛を連れての作業は二人ぶちと決まっていた。忠は自分の家の田植えが終わっても、次の日は隣の田植えに出向かなければならない、そして次の日もそれの繰り返しである。忠の働きぶりは大人顔負けの働きであった。このような状況で宿題をやっていないと責められる。この野郎と、忠は先生に食ってかかったのである。

　このようなことを繰り返して常に先生と対立している男である。先生の心証はすこぶる悪かった。

　中学三年の一学期の終わりを迎えていた。明日から夏休みである。先生から出席順に名前が呼ばれて通知表が配られたが、忠と安光の二人は名前を呼ばれなかった。

「先生、僕たちの通知表は」

　忠が聞いた。

「押谷君と安光君は父兄の方に渡すことになっています。父兄を連れてきてください」

二人には一学期の通知表は渡してもらえなかった。これで困ると思いきや、二人は平然としたものである。もらったところで点数の良いはずがない、しかも大きな注意事項が書かれていることは明らかであった。

「通知表がなくても炭焼きはできる」

安光が言った。明日から二人とも炭焼きの手伝いが待っている。

その夜、忠は母から「通知表は」と聞かれた。他の兄弟達は全員一学期の通知表を母に渡していた。

「俺と政には通知表はない」

政とは安光政一のことである。

「欲しければ父兄を連れて取りに来いと言っている」

しかし、佐竹家で忠の通知表が欲しい者は誰もいなかった。親も、我が子の学校の成績などどうでもよかった。それよりも家の手伝いをしてもらって家計を助けてもらいたかったのである。忠も安光も、中学が終わっても高校に進学など考えられない境遇であった。中学を卒業すればそのまま家計を継いで、半農、半林業の生活がまっていた。親も子も暗黙の道筋である。

そのまま夏休みの終わりに近づいた。ある日先生が、炭焼きの現場まで山を登って来た。いくら待っても通知表を取りに来ないので届けに来たのである。母の直恵は丁寧にお礼を言いながら受け取っている。

「皆と一緒に貰えないような通知表は受け取るな」

忠の声であった。先生は真っ黒になって炭焼きをしている我が教え子の姿を初めて見ることになった。


この様に、先生を相手に喧嘩に明け暮れた中学時代であったが、先生と仲良くすることもあった。それは、金もうけの算段をするときである。

中学二年生の時、三年生の人達が修学旅行に行くことになった。この地区でこの時代に子ども達が修学旅行するのは初めてである。皆が貧乏な時代であっても、家庭によって更に格差があった。この旅行に自分の子供を参加させてやれない家庭がクラスの半分ほどある。

それを見ていた二年生の担任の先生が、自分たちのクラスが旅行する時は、全員連れて行きたいと意気に感じた。家庭に負担を掛けないで子ども達でアルバイトをしてお金を貯めていけば全員連れて行くことができる。悪態をつく子ども達でも先生から見れば可愛い教え子である。話はすぐにまとまった。忠も安光も、こういうことには非常に協力的であった。

その頃の娯楽は映画が中心であった。ラジオはあったがテレビなどあるはずがない、そんな時代の話である。夜公民館を借りて映画を上映することにした。この時代、映画の上映を請け負ってやるのは「興行師」と言って、ややヤクザがかった人達のやることであった。少なくとも子ども達がやる事業ではない。請け負ってきても、入場者がいなければ赤字になる。そんなリスクのある事業だ。それを中学生がやろうというのだから、あきれ果てたものである。現代ならば当然に大きな社会問題になる行為であった。周回遅れで世の中を生きている、バカ集団の教育委員会など存在しなかった時代の話で、子ども達は貧乏でも心豊かに奔放に生きていた時代の物語である。

この事業が赤字になるなどとはこの子達は全く考えていなかった。それを企画した先生にも、勝算があってこれをやることに決めたのだった。

その頃映画を見るには、一日つぶして町へ出かけるしかなかった。それが仕事を終わって夜観ることができるのである。お客が入らないはずがなかった。ガリ版刷りの入場券をたくさん作って売った。子ども達がやるこの事業に、父兄は協力してくれた。一回の上映で、当時のお金で六千円ぐらい儲かったと思う。大人の日給が三百円の時代である。それを毎月やった。いつも満員であった。

そして町の映画館と掛け持ちで上映することもあった。この時は大変である。町の映画館で終わったフイルムを自分たちの映画館、公民館まで運ぶ作業がある。これは男子生徒七人が三班に分かれて自転車で順次運んだ。町から公民館までは、自転車で夜の砂利道を一時間かかった。当時自転車も今のような立派なものはなかった。パンクした、この時は大変である。二人が分けて乗せていたフイルムを、一台の自転車に乗せて二人で歩くしかなかった。街燈の一つもない真っ暗な道を歩いた。しかしそれが辛いと思うことはなかった。金儲けのための苦労はいとわない連中である。

営林署の道路整備も請け負ってお金にした。現在は合併して四万十市になっているが、その前は中村市であった。そのまだ前の話である。当時富山村といった。名前の如く山である。国有林が沢山ある地域で、そこには木材を運び出す為の林道が通っている。この林道の整備を請け負った。当時建設機械はなく、人海戦術が最も優れた方法であった。子どもといえども、家に帰れば大人と同じ仕事をしている連中である。その仕事ぶりは見事なものであった。

そうしてお金を貯めた子ども達は、中学卒業を前にして二泊三日の京阪神へ修学旅行に出かけて行った。もちろん家庭からは一円のお金も出すことはなかった。アルバイトをして貯めたお金で、お土産を買う小遣まで満たしていたのである。もちろんこのクラスは一人の欠席者もなく全員旅行に参加した。

この時先生と一体となって行ったアルバイトの経験は、忠の人生に大きな影響を与えることとなる。

悪いことばかりをして中学生時代を終わったわけでもなかった。中には良いことをする時もあった。それを一つだけ取り上げておく。

近くに尾崎岩喜という四十歳前後の男がいた。この人は小さい時に結核性カリエスを患って背骨が曲がっている。従って真っすぐに立って歩行することができなかった。その姿勢は、上体をやや後ろに反らして片方の足を前に出し、そして後ろの足を先に出した足に揃えるような足の運びで歩く。当然に、早く歩くことも野良仕事もできる状態ではなかった。身障者である。現在のようにこの人たちに対する救済制度はなかった。郵便事業に従事していた兄夫婦の扶養家族でしかない。

この男に対して子供たちは石を投げる。石を投げられても本人は走ることはできない、ただ大声を出すだけであった。その声も言語障害があって、聞きなれた者でないと言っていることが良く分からない状態だ。弱い者イジメである。当時も今と同じように弱い者イジメはあった。自分たちのクラスでこの人を囲うことにした。

「俺たちの教室に入っていれば誰も石を投げる者はいない、教室に入っていろ」

誰とはなしに言い出した。少人数のクラスであったせいか、このクラスは常にみんなが同じ行動をとる習性がある。

教室に古い机とイスを用意した。彼はそれに従って、授業の時間も休み時間も、その子ども達の元を離れることはなかった。従って石を投げられる行為を受けることはなくなった。先生も子ども達が行ったこの行為に対して文句をつけてくることはない。授業の時間も、部外者である彼を教室から追い出すような先生は一人もいなかった。先にも書いたように、訳のわからない人間集団で構成された、現在のような教育委員会などなかった時代で、戦後の混乱期をまだ脱し切れていない社会の事情が、逆に子ども達は貧乏であっても心豊かに育っていた感がある。

　彼は朝早くから毎日学校に来た。そして教室で子ども達と一緒に授業を受ける。体育の時間は校庭の隅でみんなの行動をじっと見守っていた。その頃は、授業が終わってから皆で教室の掃除をしてから子ども達は帰った時代である。この掃除にも彼は参加して、不自由な体を使って皆を助けてくれた。今になって考えると、彼にとってはこの上ない幸せな毎日であったのかも知れない。社会は、今と違ってこのような人達を厄介者として見ていた時代である。相手は子ども達でも、十分に大人の感覚を持ち合わせた連中との付き合いだ。その子ども達が、自分をかばいながら対等に付き合ってくれることに喜びを感じていたのかもしれない。

　そして彼を扶養していた兄夫婦からは、会うたびにお礼を言われた。一方学校の近くに居を構えていた父兄の方々は、この子ども達のやることをほほえましくじっと見守っていた人達もいた。

　このように学校では、先生と喧嘩に明け暮れた毎日であったが、家に帰ると、忠も安光も良く働く良い子であった。学校卒業を前に、二人が担任の先生から言われた言葉がある。

「押谷と安光は間違いなく不良になる」

いかに悪態な子ども達であったか推測できる。しかし世の中は面白くできている。二人の子どもは卒業と同時に、先ほど書いた筋書きに沿って家督を継いだ。社会人となった二人のスタートは全く同じようであったが、時代は段々と進んでゆき、二人の人生を引き離していった。

まず安光政一は、地元青年団で活躍し地域の発展に大きく貢献していった。そして先生に指摘された不良の世界には無縁な男となっていく。そればかりか道を間違えそうになった後輩達の首筋を捕まえて、ビンタをかませながらまともな方向へと導いていった。そして彼は、自動車の普及と相まって街に出て、自動車のセールスマンとなり、その成績は高知県下でも一、二を争う成績であった。

一方押谷忠は、卒業と同時に佐竹忠となったが、中学時代の変人に更に拍車がかかり、全く社会との付き合いをしない男となっていく。それには彼一流の理屈があり、友達の勧める青年団にも入らなかった。しかし忠も、安光政一と同じように、七十八歳の今日まで不良の世界に足を踏み入れた話は聞いていない。こののち、無学無門のこの男が、ある時は日本橋兜町で、そしてある時は丸の内のオフィス街で、一流のビジネスマンとしての忠の姿を見ることになるが、それまでにはかなりの年数と人生の紆余曲折を経てからとなる。いずれにしても、奇想天外の生きかたをしたこの男の、ここが人生の出発点であった。

椎茸栽培の頃

ここから、物語の主人公の名前を本来の佐竹忠に変更する。

中学を卒業と同時に忠には家業の仕事が待っていた。学校に行って先生と喧嘩をしていた時間、家業である農業や林業（炭焼きや木材の切り出し）の作業に専念できるようになった。特に彼の両親は喜んだ。

しかしこの男の心中は毎日悶々としていた。なんでこんなに貧乏なのか、親兄弟の為に俺はなんでこんなに働かなくてはならないのか。時々親に向かって食ってかかった。

「親も兄弟もいらん。俺一人であったらこんな苦労はしなくてすむ」

親にとっては堪らない一言である。本人も言ってはいけない言葉だと分かっている。

しかし日々の生活が苦しかった。六人兄弟の長男であるがゆえに貧乏な家族の生活がのしかかっていた。姉がいたが、姉はその頃学校の事務職に就いていた。弟の忠と違い学校の成績も品行も世にいう優等生である。兄弟でもこんなに違うのかと先生方は思っていたようだ。その頃田舎では、学校を卒業しても勤める先などない時代であった。それが中学卒業と同時に事務職として採用された。従って家で働くことはなかった。忠はひとり孤独な生活に悩みながらますますエコジになっていった。

しかし一方で、人と違った何かを持った男である。貧しい生活の中で本を読んだ。明治文学である。町へ出かけたとき、百円の単行本を買ってきて読んだ。本を読んでいるうちに小説家になろうと思い出した。菊田一夫原作『君の名は』がラジオドラマとして放送されていた時代のことである。とんでもない男だ。学問もない者が本など書けるはずがなかった。バカほど恐ろしいものはない。この男、真剣に考えて、通信教育で小説家になるための勉強を始めた。

その中で教わったことは「自分の好きな作家の文章を真似ることから始めなさい」明治文学を多く読んだが、好きな作家は川口松太郎や井上靖であった。もう一つは物を見るとき、少し違った角度から見ることを教わった。これは、そのあとの人生で大いに役立つこととなった。風物を見る目もさることながら、人を見る目、政治や経済など社会の動き、そして新聞記事に至るまですべてのものに通用した。十五歳の頃である。その期間は一年ほどであったが、初めて会った行きずりの人に言われた一言がきっかけで、小説家への夢を捨てて、大きく方向転換をすることになる。人生は過ぎてみないと何が起こるかわからない。このとき小説家を志して文章を書く勉強をしたことが、この後、この男の人生を大きく助けることになる。しかしこの時点では、そのことは誰にも予想できないことであった。

忠が生活の為に稲を作っている棚田のそばに、大きな杉の木が立っていた。これは樹齢が百年近く経っている大木である。この杉の木を切って売ることになった。父直梢（ナオスエ）はもともと山の木こりであった。従って大木を切るときは、遠くの方まで呼ばれていく程の腕前であった。親子して半日がかりで伐採して昼飯を食っていた。昼飯を食った後は少し休んだ。その休み時間にも本を読む癖がついていた。

その日も本を読んでいた。そこへその材木を買ってくれる材木商人がやって来た。材木の上に乗って本を読んでいる少年に向かって、彼はこう言った。

「そんな本を読んでも何の足しにもならない。経済を勉強しなさい。経済ならば日々の生活の中で生かすことができる」

この時代、食うに困った時代で、この地区で経済に明るい人などいなかった。この一言で忠の心は一変した。その商人が、初めて会った少年になんでそんなことを言ったのか分からない。しかしこの言葉に打たれた忠の人生は、これを境に大きく動いていくことになった。

早速、日本経済新聞をとり始めた。しかし忠の住んでいる所はとんでもない山の中である。新聞配達などあるはずがない。一日遅れの郵便配達である。ニュースも何もあったものではない。しかし大丈夫であった。現在のように情報が素早く伝わる必要のない時代である。当時『実業の日本』という経済雑誌があった。これを毎月買って読んだ。その中には、戦後の日本経済の振興に大きく貢献した経済界の人達の名前がたくさん出てきた。そしてこの人達が、次々と日本経済新聞に『私の履歴書』を書いてくれた。その時代の経営者は、筋金入りの経営理念を持った人達がたくさんいた。これを読んでいたことが、その後忠が、ビジネス社会を生きる上で大いに役立った。そして株価の動きを見ることによって、経済社会の動きが分かるようになった。

早速方眼紙に手書きの株式チャートを書き始めた。第一株式投資など誰もやっている人はいないのだ。なぜか、投資をするようなお金を持った人がいなかったからである。東芝の株価は三十円台であったと思う。不正経理があったからではない。株を買うような人がいなかったので、額面以下に放置されていたのである。

そして獅子文六原作の『大番』の映画が公開された昭和三十二年三月を迎える。この映画を見た忠は、すっかり加東大介扮する「ギューちゃん」こと赤羽丑之助にほれ込んだ。ようし東京に出て株屋になろうと、真剣に考えるようになった。全く単純な男であった。その頃はまだ、証券会社というよりも株屋と言われていた時代のことである。その後、この男は本当に東京に出て、株式相場で大損をして人生が狂うほどの難儀を背負うことになるのだが、それはまだずっとあとのことである。

忠の人生を語る上で重要な人物を一人紹介しておく。それは忠の母、直恵（ナオエ）の弟で佐竹昭生（アキオ）である。叔父甥の仲であるが、年は十二歳離れている。一回り違いの共にうさぎ年である。徴兵によって兵隊となったが、すぐに日本は戦争に負けたので何事もなく帰ってきた。五人兄弟であったが男の子は彼一人であった。しかし性格も根性も忠にそっくりであった。いや逆である。昭生に忠が似ているのである。忠は中学生の時、理科の時間に先生から「突然変異とはお前のような者のことだ」と言われたことがあった。それは先ほどの姉も弟や妹達も、それぞれに学校の評判は良かったので、先生はそのようなことを言ったのであろう。しかしそれは調査不十分であった。忠はきっちりとした血統を受け継いで生まれていたのである。

この人物がこの後、忠の人生に大きく影響を与え、また運命を切り開いてくれた。忠はこの後、椎茸栽培に転じていくのであるが、これを進言したのも昭生であった。

その頃高知県は、林務課を中心とした近代化事業の計画を打ち出していた。現在の木炭生産はいずれなくなることを予想していたのであろう。その一環として椎茸栽培を推奨しており、その為の資金の貸し付けも行っていた。昭生はこれに目を付けた。

「おいタン、椎茸を作ってみるか」

タンとは忠のことで、幼少のあだ名である。忠もこれに乗った。炭焼きは原木を切って炭にすればそれきりである。次の伐採まで最低でも二十年はかかる。しかし椎茸の原木は、一度原木に作り上げれば五、六年は利用できる。ここへ頭が働いた。

二人は早速に、自分の山にある楢木を切って椎茸を作り始めた。初めてやる事業である。昭生が県から指導員を連れてきた。彼の指導の下、椎茸栽培に乗り出したのである。県から資金も借りた。忠も三十万円を借りていた。当時の三十万円は大金である。しかしそれくらいの資金がないとできない事業であった。

椎茸栽培は、原木の仕込みから収穫まで一年から一年半の期間がかかる。一年半が過ぎた。しかし成果は思わしくなかった。これでは困る。借りた金が払えないばかりか飯を食うことができない。昭生がまた動いた。県の林務課に怒鳴り込んだ。

「お前らの言う通りにやっても椎茸はできんぞ、どういうことだ」

その頃高知県は、林業の指導者を育成する目的で、椎茸栽培の技術見習いの為に、大分県に毎年二人の留学生を派遣していた。昭生はここに目を着けた。昭生は利に聡い男で、あちこち目配りができたのだ。しかしこの年はすでに二人の人選は終わっていて、三谷と朴木が決まっていた。しかし昭生は引き下がらなかった。

「今年は三人にすればいいだろう」

これを無理やり押し通す男であった。忠は三谷、朴木と三人で、大分県、現在の日田市（当時は大分県日田郡大山村）に向かった。昭和三十三年の三月のことである。

お世話になった先は松下徳市さんのお宅であった。この人は、椎茸栽培で天皇杯まで受けた方で、この時の三人にとっては雲の上のような方であった。ここには全国から毎年研修生が来ていた。そして地元の人達も沢山働いていた。種駒の植え付け時期は女の人達が沢山いた。種駒を植え付けるのは、のみで穴をあける。これは男の仕事である。そしてその穴に種駒を入れる。これが女の人の仕事であった。入れた種駒をのみの頭で打ちこんだ。この作業は男女一組である。

沢山のお姉さん達と知り合った（忠が若かったので皆年上であった）。その中の一人と現在もお付き合いがある。時々九州から季節の物などが届けられる。

余談であるが、佐竹忠は不思議な男である。この後、職場を転々としているが、そこでは、長く付き合う人と必ず出会っている。

ここで二か月の研修期間を過ごし、椎茸栽培の技術をしっかりと身に着けた。

「今夜の乾燥作業は私たちに任せてもらえませんか」

松下家から少し離れた所に古い乾燥場があった。三人は、そこに泊まり込んで乾燥作業を自分達だけでやることを考えた。

「今までの留学生はこんなに積極的な人達はいませんでした」

松下徳一さんの婿で達夫さんがそのように言ってくれた。そして大事な乾燥作業を三人に任せてくれた。松下家に住み込みで働いているお姉さん達がいた。夜の山道を、夜食を持って来てくれた。三人はその夜一睡もできなかったが、翌日の十時頃には立派な乾燥椎茸が出来上がった。

「この乾燥場でこれだけの出来上がりは立派なものです」

達夫さんが褒めてくれた。忠は必死であった。なんとしてもこの技術を自分のものにして帰らないと椎茸栽培で成功することはできない。その思いで懸命に頑張ることができたのである。

その栽培技術は忠と昭生が県の指導でやっていたものとは全く違ったものであった。当時椎茸栽培の為に椎茸の種駒が開発されていた。森産業、明治製菓、高知県森林組合連合会も作っていた。しかし一番優れていた製品は森産業の物であった。群馬県桐生市に本社があり、主な活動先は大分県や宮崎県であった。この会社の社長は森喜作といって工学博士である。そして桐生市に地場証券の証券会社を持っていた。運命の不思議さというものがここでも起きていた。佐竹忠はこの後、十数年後に証券会社に就職することになるのだが、この森証券と縁をつなぐことになる。この時はもちろん森証券の存在すら知らないことであった。

　話がそれてしまったが本題に戻そう。まず技術の大きな違いは、乾燥技術であった。乾燥室の設備に工夫がある。従って、乾燥して出来上がった製品に大きな差があったのだ。そして種駒である。この種駒を、大分県の森産業九州支店から直接とることにした。乾燥室の設備は九州産業の製品を使うことにして、今まで使っていた設備を廃棄し、大工事を行って設備を刷新した。

　忠が九州で学んだことはそれだけではなかった。原木づくりである。九州の椎茸原木は、そのほとんどがくぬぎであった。しかし忠の住んでいる高知県にはくぬぎはなかった。くぬぎは皮が厚く、種駒を植え付けて椎茸原木を作った場合、その耐用年数は長く、他の原木と比べると収穫量は格段に多くなった。これを高知県に持ち帰ることを考えた。仕事が終わってからどんぐりを拾った。一緒に働いていたお姉さん達も拾って集めてくれた。畑に植えて苗木を作り、これを山に植林をした。

　そして昭和三十四年の春を迎えた。椎茸の収穫時期は春と秋の二回である。その年の春は、雨の多い年であった。朝に収穫した椎茸は、夕方また収穫するほどに成長が早かった。そこで問題が起きていた。乾燥室が足りないことである。忠の乾燥室は出来上がっていたが、昭生の方の改装はできていなかった。

「全部ここで乾燥するぞ」

　忠の指示で全部の人が動いた。両方合わせて二十人ぐらいの人達が働いていたが、すべて忠の指示で動いた。忠は寝る時間はなかった。それでも一日三時間ほどは寝る時間を作った。そして動いている間に、父と母に乾燥作業の、勘どころを教えていった。火の加減と温度の管理である。乾燥室の温度は六十度ぐらいであったが、部屋に入った時、人間が息苦しさを感じるようだと駄目であった。外から取り入れる空気が足りないのである。その調節を間違うと椎茸は全部だめになる。忠は孤軍奮闘であった。その結果、この年の春に収穫した椎茸は一枚も腐らすことはなかった。そしてできあがった製品も、九州と同じ物ができた。一緒に働いている人達からも一堂に驚きの声が上がった。

「この雨だと大分腐る椎茸ができる」と心配したそうである。そして昭生がまた県の林務課に向かって怒鳴った。

「お前らはなんという指導をしているのか、大分県へ毎年留学生を派遣して、その技術はどこで生きているのか」

県の林務課の連中は返す言葉がなかった。

「俺の所へ見にこい」

県の指導員がその後、忠の所へ度々足を運んだ。泊まり込みで何日か頑張ったこともあった。そのようなことがあって、少しずつ高知県の椎茸も良くなっていくのであるが、それにはまだまだ時間がかかった。


忠は見事な製品を作りだしたが、まだ問題が残っていた。それは販売方法である。高知県からお金を借りて椎茸栽培を始め、できあがった製品は高知県森林組合連合会に出荷する約束が付いていた。ところが高知県で販売すると、大分県の価格の半値である。なぜ同じ製品がこんなに安く叩かれるのか、これにはわけがあった。高知県の品物は悪い、これは栽培技術の問題が年々積み重なって、製品の評価を下げていたのである。その頃、買い付けに来るのはほとんどが大阪商人であった。この人達がまた悪である。

「高知県の品物は悪いぞ」と最初から決めてかかっている。従ってその中に良いものがあっても、それを正しく評価しないのである。そこで忠は松下徳市さんに手紙を書いた。

「生産量はとても大分県と比較することはできませんが、製品としては大分県の物に負けないものができるようになりました。しかしその品物を高知県で売ると、大分の組合で売る半値です。これを何とか大分の組合で売る方法はないものでしょうか」

このような内容であったと思う。この時代電話はなかった。すべて手紙のやり取りである。

これによって大分県椎茸農業協同組合の方々が動いた。松下徳市さんの鶴の一声である。組合から手紙が届いた。

「理事会を近々開きます。そこで佐竹様の組合員への加入を承認する予定です。その場合は組合への出資金五万円が必要となります」と書かれていた。忠はしめたと思った。これで大分の組合で売ることができる。

それから二週間後に再度組合から手紙が届いた。理事会の結果を伝えてきたのである。そこには、「理事会へ諮ったが佐竹様は組合員になる資格を満たしていません」とあった。組合員の資格とは「大分県で椎茸栽培事業を行っているか、もしくは大分県に住所を有する者」である。佐竹忠はこのいずれも当てはまらなかった。

「残念ですが組合員になることはできません」と書かれていた。しかし、この後があった。

「理事会で協議の結果、準組合員としての活動を承認することとなりました」とある。準組合員とはいかなるものか、要するに組合への主資金が要らないということであった。忠にとってこの上ない条件である。すべては松下徳市さんのご尽力によるものであった。

大分県で売れる手はずはできた。しかし問題がまだあった。高知県森林組合連合会とのいきさつである。ここで昭生が動いてくれた。

「県へは俺が出荷してごまかしておく。タンは大分県へ出してみよ」

昭生は、椎茸栽培で生計を立てなくても他に沢山の商売をしていた。しかし忠は、椎茸栽培が失敗すれば大変なことになる。このことは昭生が十分に分かっていた。そして自分の分身の様な二十歳に満たないこの甥が、自分の力で切り開いてきた道である。その道を進ませてやりたかったのかもしれない。いずれにしても、忠にとって昭生の存在は大きかった。

この様にして、昭生の協力を受け、忠の椎茸栽培は軌道に乗った。出荷のあと、組合で入札のある日に、大分県の組合へも何度か足を運んだ。その度に「高知県から佐竹さんが見えた」と、組合の人達があちこちと声をかけ、大勢の関係者を集めて大歓迎を受けた。森産業の九州支店の支店長の結城さんをはじめ、事務方の阿南さん。大分椎茸新聞社の方々、いろいろな人達が集まってくれた。こちらはまだ成人式の前である。子どもだ。しかし一人前に扱ってくれた。料亭の広間を借りて大宴会であった。忠はこの頃「俺は父親を超えた」と思った。父親だけではない、この時代この地区で、知らない土地へ行って堂々と大きな商談ができる者は、昭生以外にはいなかったのである。

ここで、この大分県椎茸農業協同組合について少しふれておく。名前の通り生産者の出荷組合であるが、大変な力を持っていた。生産者から集められた椎茸を保管管理する為に、大きな低温倉庫を当時すでに持っていた。入札の時に集まる椎茸は、組合指定の大きな木の箱で千箱を超えた。この頃、大分県椎茸農業協同組合の名前で大相撲の千秋楽で優勝力士に、椎茸が入った大きな優勝杯を贈るのが恒例であった。そして何よりも強かったのは、大阪商人が結託して安値で落札することがあると、その日の入札を取り止めるという強硬手段に出た。その為彼らの悪巧みは通用しなかった。しかし一方で、大阪商人達との親睦もおろそかにはしなかった。ある時、大阪商人達と一緒の宴会にも招かれて「高知県から出荷している佐竹さんです」と言って彼らに紹介してくれた。その中で、大阪市此花区にあった立花商会の社長から、山買いの話を持ち掛けられたことがあった。しかしこれは組合の方の忠告で取り止めた。山買いとは、椎茸栽培者を一軒一軒訪ねて、椎茸を買い集める商売である。組合の方が心配してくれたのは、買い集めた椎茸を買い叩かれることであった。「佐竹さんが相撲を取ってかなう相手ではない」と言われた。それだけ大阪商人の連中は悪がそろっていたのである。この連中が、高知県の品物は悪いと言って買い叩いているのか、高知県で売っても値段が安いからくりが良く分かった。とうてい高知県森林組合連合会の連中には手に負える相手ではなかった。

この市場で、忠の製品がとんでもない入札価格をつけたことがあった。そのことについて書いておく。

ビニールが発明されて少しずつ出回り始めた頃であった。

「タン、ビニールを張ったらどうだろう」

昭生が言い出した。

「やってみるか」

忠は早速庭に竹で棚を作った。そしてその上にビニールを張った。農家にもまだビニールハウスはない時代である。庭に作ってあったコンクリートの池に椎茸の原木を入れて、十分に水を含ませた原木を庭に並べた。雨に当たっていない適度に水分を含んだ見事な椎茸ができた。これを出荷したのである。出した本人が一番驚いた。その頃、入札が終わると、地元の椎茸新聞社がいち早く入札結果の情報を生産者に届けてくれた。それが忠の元に届いた。

「すごい値段を出した人がいる」

自分が出した製品だとは、組合から精算書が届くまでわからなかった。当時上物で一キロ五千円前後であった。それが七千円を超えていた。この後組合を訪れた時、秘伝を聞かれたが忠は教えなかった。しかしそのあと、松下徳市さんのところで技術を教わった留学生が市場最高値の椎茸を作り上げた。この話題はすぐに大分県中に広がった。忠は心の中で思った。これで松下徳市さんにお世話になった何分の一かを返すことができたのかもしれない。そして大分県で栽培技術を教わってから三年後には、忠は県から借りていた借金三十万円を返済し、さらに三十万円のお金が手元に残った。十七歳の時から始めたこの若者の事業は、五年の歳月を経て見事に成功した。三十万円といっても現在の人達にはその価値は分からないと思う。

忠はこの三十万円をもって東京にでた。そして東京都町田市に成瀬という所がある。ここに四十二坪の土地を買った。相模不動産が開発した山の上の分譲宅地であったが、当時のお金の価値観を判断する材料にはなるであろう。

昭生が難儀なことを押し付けてきた。忠も両親もきたかと思った。昭生は正義感があって人の役に立つことも多かったが、最後は人に難儀を無理やり押し付けるところがあって人に嫌われた。

「タンをしばらく俺に貸してほしい」

これであった。佐竹家は主人公を取られることとなる。その頃佐竹家の家計はすべて忠が取り仕切っていた。金の管理は母の直恵がやっていたが、仕事面は全て息子忠の指示で両親も動いていた。そこへ昭生が難儀を持ち掛けてきたのである。しかし昭生にも一理があった。昭生は前しか見えない男である。どんどんと手を広げていた。自分だけでは手に負えないところまで、商売も身の回りも大変な状況であった。椎茸栽培、雑貨食料品店、米屋、酒屋、加えて自宅の新築工事である。しかし昭生の代わりができる者は忠以外にはいなかった。

「タンの代わりに男二人分を付ける」

この条件で折り合うしかなかった。忠にも、ここまで椎茸栽培で成功できたのは昭生のおかげである。そのことは十分わかっていた。昭生の言うことも聞かなければならない義理がある。父直梢は体の方はあまり丈夫ではなかったが、仕事の段取りは上手な人であった。忠と一緒に椎茸栽培を作り上げてきた経験がある。人を使えば十分に仕事は回っていった。一年半の約束で、昭生の家に住み込みで手伝うことになった。

しかしこの一年半が、忠にとっては大きな力を蓄える期間となった。ここで商売も覚えた。自動車の免許も取った。恋もした。

昭生の魂胆はもう一つあった。それは、忠が東京へ行きたがっていることを、母の直恵から聞いて知っていたのだ。これを阻止して忠を自分の手元におきたかった。ともに住み込みで働いている娘がいた。彼女は忠より二学年下であったが年は一つ違いである。若い男女が一つ屋根の下に居れば心も通う、情もわく。忠はその頃、椎茸栽培で成功をおさめ、近隣の人達の話題に上る若者に育っていた。年頃の娘を持つ親も、この組み合わせが結婚に結び付くことを望んでいた。昭生の思惑はそこにあった。

忠はそれに気が付いていた。なんとしても東京に出たい夢を持ち続けている男である。一人身でないと、自分の人生を切り開いて夢を叶えることはできない、この一心に凝り固まっていた。この誘惑に乗れば、俺の人生のすべてがなくなる。結婚するには年が若過ぎる気持ちもあった。様々な迷いの中で、女への慕情を断ち切った。

そして昭生との約束の年期があけると同時に、皆の反対を押し切って東京に旅立った。昭和三十六年、二十二歳であった。

そして何年かが過ぎた。田舎に帰った時、安光政一に、忠の心に突き刺さって生涯消えない一言をいわれた。

「お前が結婚してやらなかったからあの子は不幸になった」

遠くへお嫁に行ったが、旦那に暴力を振るわれていると聞かされた。忠は胸が張り裂ける思いでこの言葉を聞いた。

「彼女と一緒になって、東京で生活する選択があったのではないか」

忠はこの思いに何年も後悔した。そして彼女に対して申し訳ない気持ちが今もある。

友の遺書

様々なことを経験しながら、忠の椎茸栽培は順調に進むようになってきた。そして昭和三十五年の春を迎えていた。忠は二十一歳になったばかりである。

この頃は、シーズンになると何人かの人を雇って仕事をする様に、事業の拡大が進んでいた。そのような中で、忠の人生で決して忘れることができない事件が起こる。四月二十六日のことである。

この日は朝から良い天気であった。山に登って椎茸の原木に種駒を打ち込む作業をしていた。相手の女性は誰であったか覚えはない、女の人と一組であった。

その日の昼過ぎ、種駒を打ち込むのみを膝に当てて怪我をした。大した傷ではなく、すぐに血止めの手当をして作業は続けたがこんなことは珍しいことである。刃ものを使う時は、怪我をしないように徹底した教育を父から受けていた。その為に、何年も山仕事をしていたが、怪我をした記憶はほとんどなかったのだ。しかしこの日は怪我をした。

その日の夕方、仕事が終わって山を下り始めたところに知らせが入った。

「安紀が死んだ」

だれの声だったかは覚えていない。

「土佐清水の警察から連絡が入った。足摺岬から身をなげたらしい」

大変な騒ぎになった。このような時に先頭に立って動くのは昭生である。昭生は自動車を持っていた。その頃自動車は少なかった時代だが、トラックである。五、六人の若者が、トラックの荷台に乗って足摺に向かった。当然に忠も一緒である。

土佐清水の警察についたのは夜であった。警察の話だと、死体はバラバラになっていて集めるのに大変であったと聞かされた。身元確認の為に、身内の方以外は顔も見ない方がいいだろうと言われた。死亡推定時刻は午後の一～二時半頃だという。その時刻は、忠が怪我をした時間と重なってきた。忠は誰にも言わなかったが、「安紀君が最後、俺に別れを告げにきた」と思った。気温の上がってきた時期である。翌日すぐに埋葬したが、忠が親友である彼の最後の顔を見ることはなかった。

それから三日が経った。彼からの遺書が忠の元に郵便で届いた。彼が死の直前に投函したものが、三日遅れて届いたのである。彼は享年二十歳、忠の一つ下である。名前は佐竹安紀という。性は同じだが親戚でも何でもない、この辺りには佐竹性はいっぱいある。生まれながらの身障者であった。母の胎内で、すでにカリエスを患って生まれてきたのである。学校にも行っていなかった。しかし知的障害はなかったので知能は優れていた。現在ならば、彼が一人前に生きる道はあったと思う。しかしその時代は、彼らに対する救済の道はなかった。そればかりか、その様な身障者のいる家庭は、その子の兄弟の縁組にも影響を与えた時代である。彼には兄がいた、姉もいた、そして弟や妹もいる。彼は物心付いてからそのことばかりを考えて、二十歳を迎えていたのであった。今と違ってこの時代、そんなに身障者がいる時代ではなかったが、忠の周りには不思議と尾崎岩喜と佐竹安紀の二人が居た。彼らは生まれながらに弱さをもって生きている。その弱さの盾になってくれる精神を持った人に引き寄せられていたのかもしれない。忠はこの後、親友であった安紀君から受け取った遺書に書かれていた、彼との約束を生涯背負って生きることになった。

彼は遺書を、自分の母に一通、兄に一通、そしてたった一人の親友である忠に一通と、三通を残して足摺岬に散った。忠の元に届いた遺書の内容は「少し酒を飲んだ。手が震えて字が上手く書けない」と、たどたどしい文字がつづられていた。

「二十年生きた人生のうちで一番楽しかったことは、君に将棋を教わって夜中まで指したことだ」

ここまで読んで忠は号泣した。たったそれだけのことが、彼にとっては一番楽しいことであったのか、なんと言う人生であったのか。しばらく涙で次を読むことができなかった。

それは雨の強く降っていた日であった。昼過ぎに彼はやってきた。雨の日は仕事ができないので、忠は家にいることが彼には分かっていた。娯楽の少なかった時代である。必然的に将棋はその頃、誰もが楽しみの一つで、へぼ将棋を指していた。忠はその将棋を彼に教えていたのであった。夜になっても雨は止まず、むしろ強くなっていた。

「今日はもう泊まっていけ」

忠のこの一言で、二人は夜中まで将棋を指した。その事が彼にとっては生涯で一番楽しいこととなっていたのである。

「君のおかげで本も沢山読むことができた」

忠が読んだ単行本を、彼はほとんど読んでいた。昔の単行本は難しい漢字にはカナがふられていた。従って学校に行っていない彼にも読むことができたのである。

「君には僕の分まで生きてほしい、そして東京に出て立派な実業家になってください」

この頃忠は、ギューちゃんにあこがれていた男である。東京に出て株屋になる自分の夢を、さも実現可能なように彼に話していたのであろう。

死を前にして書いた文面は短いものであったが、忠はこの遺書を何度も読み返して何日も泣いた。強気な事ばかり言う忠であったが、小説家を志す感性を持った男である。幸せ薄く散って逝った友への感情は、人一倍哀れを誘って何日もこの男の感性をゆすぶった。忠のこの日の日記の最後に、下手なこの歌がつづられていた。

たらちねの母を
　慕いて散りて逝く
　　友の心よ華と香らん

#「サラリーマン編」

陸送屋の頃

皆の反対を押し切って東京に出てきた。小さな紙製品の町工場に住み込みで入った。しかしそこは半年でやめた。母が病気になって呼び戻されたのである。しかし田舎で生活する気はなかった。

再度東京に出て来た時は、運送屋に就職した。そこで陸送車に乗っている運転手に出会う。

「君の腕なら東海道を走ることができる。うちへきて東海道を走ってみないか」

牧さんと植山さんに誘われた。これは面白いかもしれないと思って陸送屋になった。会社の事務所は中目黒にあって「青山陸送」といった。

昔プリンス自動車という会社があった。プリンススカイラインを作った会社である。元は富士精密である。戦時中は飛行機を作っていた会社だ、エンジンは素晴らしい物を作っていた。後に日産に吸収合併されたが、その頃は村山に工場があった。その前は三鷹にあった。従って出発地点は村山が多かったが、三鷹から出ることもあった。

そしてトラックのシャシー（運転席だけあるが後ろの荷台がない車両）は立川の昭和飛行機からの出発が多かった。年功序列の厳しい業界である。新前の佐竹はトラックばかりであった。

陸送というものを少し解説しておく。我が国の自動車生産が少なかった時代の話である。新車を工場から地方のデーラーに一台ずつ運転して運んでいく商売だ。運び賃は一台いくらの請負契約で、まさに命がけの一匹オオカミの仕事であった。東名高速道路などない時代である。箱根を超えて国道一号線を夜中に走る。大阪高槻市にモータープールがあった。そこまで十時間で走った。居眠りをしたら命がなくなる。しかしお金は取れた。このような職場である。

さぞ荒くれ男が揃っているだろうと思うかもしれない。しかしそんなことはなかった。面白い人物が沢山いたのだ。佐竹を誘ってくれた牧さんは自動車の整備技術を持っていた。そして当時、片言の英語が話せた。立川の北に米軍基地が有った時代である。米軍兵から譲り受けたポンコツの乗用車ハドソンを持っていた。植山さんは大分県中津の出身であった。野口さんがいた。彼は身なりも態度も立派な紳士であった。名西さんは徳島県の出身で佐竹と同じ四国である。話が合った。年配の鎌田さんがいた、帰りの列車で鎌田さんと一緒の時があった。

「佐竹君の理屈は正論が多い、しかし相手を追い詰めすぎるところがある。相手の逃げ道を一つだけ作ってやるべきだ」

　佐竹は東京に出てきたばかりで、この会社では新人である。誰とも理論展開などしたことはない。しかし鎌田さんはそう言った。すごい洞察力を持った人であった。佐竹はこの後、丸荘証券の林田勇、クラインオートベンソン証券の斎賀と男の意地をかけた理論の展開をするが、すべて相手を追い詰めすぎて喧嘩別れになっている。この鎌田さんの言葉はこれから先の佐竹の生き方を暗示している言葉であった。九州、佐世保から集団できている人達がいた。

　前山、堀、小野、八谷、小野さんがある日、皇居前で白バイを止めた。今問題になっている豊洲に自動車運搬船の留まる埠頭があって、そこまで道案内をしろと言ったのだ。白バイが陸送車の道案内などするはずがない。

　黒田君は大学在学中にアルバイトで乗り始めた。やってみると面白く、そのまま卒業後もこの職場に居座っていた。いつもにこにこしていたが、しかしこの男、交通違反の呼び出しに応じなかった。当時は今と違って、交通違反でも検察庁に呼び出されて、調書を作成してから罰金か裁判かの選択があった。彼は五件も六件もたまってい たのだ。女といる部屋にお巡りさんが来て、彼はパンツ一丁で塀を乗り越えてにげた が、捕まった。翌日配車係の広瀬さんが警察に引き取りに行った。彼はにこにこして 何事もなかったように帰ってきた。

青葉君は、歳は若いが古参である。遠くへ行く車を貰っていた。しかしこの男、独 身で時々岐阜の女に捕まって帰ってこないことがあった。

「青葉が女に捕まって帰ってこない。佐竹広島へ行くか」

こんな時はおこぼれがきた。

安藤進理と知り合って付き合いが始まった。彼の家はその頃、青梅街道沿いの国分 寺近くにあり、彼は世帯を持っていた。夕食をご馳走になってから二人で出かける ことが多かった。そして彼との付き合いは今も続いている。

納車する地方によって、様々な人情に触れることができた。正月に田舎に帰る時は、 高知行きの車を配車してくれた。帰りは列車に乗って帰ってくる。新幹線などない時 代である。ずいぶんと夜汽車に乗った。山陰方面は「出雲」北陸方面は「能登」四国 の時は「瀬戸」だった。そして九州からの寝台特急「さくら」「はやぶさ」「桜島」など沢山の夜汽車のお世話になった。人間の慣れは恐ろしいものである。畳の上よりも揺れる列車の方が良く眠れるようになっていた。

面白い稼業であったが、時代の流れと共に段々と遠くの仕事がなくなった。自動車の需要が伸び、生産量が増えて運搬の効率化が進んでいたからである。港までの運搬はトレーラーになり、船の輸送に切り替わっていた。三年で陸送屋をやめることにした。

タクシー運転手の頃

佐竹は陸送屋をやめてタクシーに乗ることにした。まだ二種免許は持っている人がすくない時代である。佐竹は大型二種免許を持っていた。自動車の運転手でサラリーマンの倍くらいのお金がとれた時代である。柏自動車という小さなタクシー会社があった。そこに決めた。

タクシーに乗りながら東京の地理を覚えたい目的があった。初めての仕事であるが、自動車運転には自信があった。命がけで東海道を走った男である。しかし東京の地理は分からなかった。カーナビなどない時代だ。その頃は東京に路面電車が走っていて、これが地理を覚える手助けをしてくれた。停留所には次の停留所の地名が書いてある。それとお客さんからも地理を教わった。半年もすれば大方の所は覚えた。

この会社で五年間タクシーに乗ることになったが、この間に勉強もした。恋もした。友達と伊豆に一泊旅行をした。その時乗った観光バスのガイドさんである。

彼女は大分県竹田市の生まれで、竹田市は『荒城の月』の作曲家、滝廉太郎の故郷だ。そして大分県は佐竹にとって縁深いところである。余計に慕情が募った。年は六歳下であったが、二年ほど付き合って佐竹は結婚を申し込んだ。しかしこの恋がみのることはなかった。年が違ったこともある。タクシー運転手の境遇が災いしたのかもしれない。失恋の悲哀を味わうことになった。彼女が伊豆を去ったあとも、何度か伊豆を訪れて心を癒すのに時間がかかった。佐竹忠二十七歳の恋であった。

この人と思いし女子《めこ》は我ならず
　心知らずや去りにし人の
伊豆は恋し修善寺は恋し恋の町
　我が青春の夢かけしところ

石廊崎のたたずまいさえ懐かしき
　　波のまにまに君の面影

しかし佐竹も、田舎で女人を愛しながら相手にその意思を告げることもなく東京に出てきた経緯がある。人を責める資格などない。佐竹にとっては辛い出来事であったが運命とあきらめた。

それから五年が過ぎた、城北三菱電機商品販売にいる時、三菱重工業ビルの爆発事件があった。この事件をニュースで知った彼女から突然電話が入った。

「どうしてこの会社にいることが分かった」

「東京にいる友達に頼んで調べてもらった」と言った。三菱と名の付く会社である。心配になったといった。しかし目的は別にあったのだ。その時は結婚して大阪に住んでおり、一度どうしても会いたいと言い出した。

大阪に出向いた。阿倍野の駅で落ち合って近くの喫茶店に入り、椅子に座ったとたん彼女は泣き崩れた。その顔は五年前に佐竹が愛した彼女とは別人の顔であった。結婚して幸せではなかったのである。酒を飲むと旦那が暴力をふるうといった。現在の

DVである。

「男を見る目がなかった」と泣いた。

「佐竹さんの心を踏みにじったバチが当たったのだ」と言った。

「これは私が一生背負って生きなければならない罪です」とも言った。

佐竹はその時はすでに世帯を持っていた。

「どうしてやることもできないよ」といったら大きくうなずいた。哀れであった。佐竹が結婚していることを自分の目で確かめたせいか、その後、彼女からの連絡はぷっつりと途絶えた。


タクシーに乗り出して一年が経っていた。その頃のタクシーは月十三日が勤務で後は休みだ。今まで休みなく毎日働いていた男である。この時間がもったいないと思いだし、この時間に簿記の勉強をすることにした。

株屋になる夢を持って上京した男である。会社の決算書が分かる知識が欲しく、一日おきに神保町にあった村田簿記に通った。タクシーに五年乗ったが、そのうちの四年間、簿記学校に通ったことになる。この期間が佐竹の生涯を通じて勉学に励んだ唯一の期間であった。頭は悪いがなかなかの努力家である。この四年間で身に着けた簿記と税法の知識は、その後この男を一流のサラリーマンに変身させていくことになる。

タクシーの初乗りが百円の時代である。一日の最低の水揚げが一万円と決められていた。これができなければ一日の仕事が終わったことにならない制度である（足切といった）。一万円ができるとすぐに車庫に帰って、車を洗って仕事を切り上げた。翌日の学校に備える為である。全員で百二十人ぐらいの会社であったが皆協力してくれた。サラリーマン社会と違って人の足を引っ張るような人間は一人もいなかったのだ。

勉強をしている内に段々と欲が出てきた。税理士で飯を食うつもりはなかったが、税理士試験を受けてみようと思うようになったのだ。受験資格はなかったが、日商の簿記一級を取れば受験資格になった。それに受かった。しかし、会社を辞めて税理士試験に臨んだが合格できなかった。もともと頭の悪い男である。通るはずがなかった。その後何回か挑戦している内に簿記論だけ取った。これで挫折した。結婚して生活に追われ、サラリーマンになって仕事に追われたからである。

この時行った勉強は、佐竹の人生を大きく飛躍させることとなった。これからこの男のサラリーマン人生が始まっていくことになるが、この時代は現在と違って終身雇用の時代である。しかしこの男は、就職した先々で喧嘩になって次々と職場を変えていった。

ここで佐竹忠の私生活について少し書くことにする。陸送屋の時代に付き合いが始まった安藤ご夫妻の紹介で、下村可寿（シモムラカズ）三十歳と付き合いが始まった。彼女はその頃、国立第二病院の主任看護婦であった。佐竹忠は三十二歳、共に行き遅れである。半年の交際のすえ昭和四十六年十月十一日、虎の門会館で結婚式を挙げた。新婚旅行は南紀白浜であった。これは帰りに渥美半島にある下村家に立ち寄る目的があったからである。

下村家には可寿の母、千寿がいた。高齢であったが元気であった。彼女は若くして夫と死別し、商売をしながら後家を通して七人の子供を育てていた。可寿はその末っ子であった。下村家での佐竹の評判は良かった。

「かずこは遅い結婚であったが四人の女兄弟の中で一番の亭主をもった」

これは長女の旦那、川口富美夫の言葉であった。

昭和四十八年二月二十六日長女雅誉が生まれた。そして昭和五十年十月十日長男一磨が生まれた。佐竹は結婚してから四十四年になるが、妻に対して一度も怒鳴ったことはない。従って夫婦喧嘩もない。つまらない夫婦と思うかもしれないが、これには訳がある。

佐竹は過去に二人の女と結婚に関するかかわりを持った。しかし二人とも結婚が女の幸せにつながっていなかった。このことが常にこの男の心の中にある。縁あって一緒になった我が妻に、その分も尽くしてやりたい気持ちがある。

丸荘証券時代、経理関係の連絡会を八社ほどで作っていた。兜町で昼めしを食いながら大蔵省の検査や国税局の調査、税法や証券規則など情報交換の場として作ったものであったが、現在は全員が兜町から離れている。しかし飲み会や旅行など年寄り爺さんの集まり会として今も続いている。この会で二度ほど家内同伴の一泊旅行をしたことがあった。その中で加藤ご夫妻がいた。食事の時、加藤夫人の隣に座った。

「佐竹さんは、お父さんから怖い人だと聞いていました。ずいぶん優しい人ですね」

と言われた。

武藤ご夫妻がいる。旅行から帰るとそれぞれに他人夫婦のことが話題に上る。

「今日の夫婦で一番優しい人は佐竹さんですね」

「何が優しいか、役人はいじめる、おまわりには食ってかかる、あの男とんでもない野郎だ」

旦那がそういっても奥さんの方は受け付けないとのことであった。女の見る目は男とは違うようである。

城北三菱電機商品販売の頃

佐竹忠がサラリーマンとして最初に勤めた会社である。これまでは、肉体労働と自動車に乗る仕事をしてきた男だ。こんな事務職なんかできるはずがない、その様に思う方が多いと思うが、この男不思議な力を持っている。その事務職を難なくこなしていった。そしてこの会社で、佐竹がこの後の人生で大きな影響を受けることになる二人の人物に出会う。

この会社の内容について書いておく、名前の通り三菱電機の子会社である。当時、家電製品が飛ぶように売れた時代、三菱電機が代理店から家電部門を切り離し直轄の販売会社とした。東京で東西南北と多摩、千葉、埼玉、神奈川など地区割りの体制が作られた。その中でこの城北三菱電機商品販売は、菱電商事（現在は一部上場であるが当時は二部であった）から分離された会社で、労働条件は当分の間、菱電商事に従属する条件が付いていた。これがのちに大きな問題になるのであるが、それはこの項の最後の方で解説する。家電量販店は秋葉原にしかなかった時代、町にたくさんの小さな電気店が存在していた頃を思い浮かべてほしい。この町の電気屋さんへ商品を卸す会社だった。最初はこの町の電気屋さんの経理指導ということで就職したが、のちにこの販売会社に転じ経理課勤務となった。

ここで特筆すべき二人の人物について書いておく。近江太郎太（オオミタロウ）、この人に出会って佐竹は経理事務の実力をつけていった。そして何よりも大きな財産となったのは、銀行折衝のうまさであった。これを見習っていたことで、この先転じていく証券会社時代、他人にまねのできない様な大きな仕事ができたのである。

彼は秋田の生まれで素晴らしい人格の持ち主であった。英語、法律、経理ができ、人を説得する力を持っていた。昭和二年生まれで佐竹とは十二歳違いのうさぎ年であった。不思議なことに佐竹は一回り上のうさぎ年の人物に縁があった。この後もう一人この年齢の人と大きく関わっていくことになる。運命とは不思議なものである。

この人はトップの座よりも補佐役に適した人物であった。佐竹はこの人物に憧れをもってすべてのことをまねた。そしてこの人物と出会ったことが人生の大きな財産となった。佐竹はこの後の人生で様々人と出会っていくが、これほどの人物には二度と会うことはできなかった。

そしてもう一人の人物は秋村八郎（アキムラハチロウ）である。豪快さを絵に描いたような人物であった。人を引き付ける不思議さを持っている。現在オーストラリアに住んでいるが、時々日本に帰ってくる。そのたびに彼のところへ大勢の人が集まってくるように、男女を問わず人に好かれる天性のものがある。佐竹は在職中、彼とは部署が違ったので（彼は営業部長であった）あまり接することはなかったが、ある日秋村八郎から大変な事を一瞬のうちに学んだ。そしてこれを自分の大きな財産に変えていった。

先ほども書いたように、この会社は代理店から分離されて地区割り体制に変わった関係で、今まで付き合っていた電気店と別れることになる店がたくさんあった。その電気店とのお別れ会を熱海の旅館で行うことになった。そこでお別れの記念品をあつらえて渡すことになったのだ。その品物の選定を巡ってのやり取りであった。佐竹は結婚式の引き出物を扱っている業者に知り合いがあり、その引き出物の中で漆器の花瓶が選ばれた。他にいくつかあったが、この花瓶が立派に見えたのだ。しかしこれに異を唱える男がいた。荒井課長である。彼は千葉の人間で、いずれ千葉三菱に換わっていったが、この時は営業の課長であった。

「こんな花瓶を差し上げてもどこかにしまって使うことはない」

もっともな言い分であった。毎日忙しくしている電気店が、花を活けて店を飾るようなことはないかもしれない。この荒井という男は、細かく理屈っぽい男である。この時、秋村が佐竹の耳元で囁いた。

「あの男を納得させてみせるから」

佐竹は興味しんしんであった。この時、選定の対象になっている商品は二つあった。その両方を並べて「こちらはいくらに見えるか」と聞く。その商品が何であったかは覚えていない。しかし彼は三千円といった。たしかに合っていた。そして「これはいくらに見えるか」と、例の花瓶である。彼には一万円に見えた。しかし実際には先ほどの三千円の品物と五百円しか違っていなかった。それだけ高く見える商品であった。それが気に入って、秋村はこの商品にしたのだった。

「お前は人から物を貰った時、一万円の物貰った時と三千円の物を貰った時とどちらがうれしいか」

当たり前のことを秋村は理論づけて押し付けた。

「それは一万円ものにきまっていますよね」

「そうだろう、我々はお別れの記念品として彼らに進呈する品物なのだ。一万円の物を貰えば、彼らは別れに際して俺たちに金を使ってくれたと思うだろう、その花瓶を使うかどうかは俺達の知ったことではない」

それで彼は納得した。この論法は、相手が考えてもいない全く違った価値観を、相手に押し付ける論法である。佐竹はこれだと思った。こののち、佐竹は頻繁にこの論法を使って人を説得した。そしてこれを秋村論法と自分勝手に名づけていた。

佐竹が販売店の経理指導を行っている時、こんなことがあった。販売店でも大手の大村電気さんが税金のことで相談にきた。

「今度税務署がきたらえらいことになる」

カラーテレビに羽が生えて飛ぶように売れた時代の話である。電気屋さんは儲かった。しかしそれを全部だすと税金が大変である。素人のやる脱税決算は在庫を少なくすることしかない。実際には一千万の在庫があった。しかし決算書には在庫はゼロに近かった。税務署が見ればすぐに分かる手口だ。大村電気の社長は困り果てて佐竹に相談したのだった。

「社長、この半分の税金が払えますか、その覚悟があるなら私が修正申告書を作ります」

佐竹は悪知恵の働く男である。幸いにも修正申告の期限内であった。修正申告とは、税務申告書を提出してから決算に誤りがあった場合、三か月以内であれば修正して申告をやり直すことが法律で認められている。佐竹はこの修正申告書を作成した。そしてこの修正申告がなんで必要であったかを税務署に説明する為に、その理由書を書いて決算書に閉じこんで提出した。出来上がったこの決算書を、佐竹に経理を教えた近江太郎太が見て驚いた。決算書に添付された理由書には、「メーカーに預けてあった季節商品の在庫に漏れがあり、税務担当者が業界事情に無知であったために、決算の数値に誤りが生じました。そして今後は、メーカーサイドの会計指導を受けながらきっちりとした経理を行ってまいります」と書かれていた。もっともらしい嘘である。これで税務署は納得した。そして一年後に大村電気の社長から、その年の優良納税者として練馬税務署から表彰されました。との報告を受けた。佐竹が経理屋になっての最初の仕事であった。

このように仕事面ではうまくいっていたが、佐竹はこの後、労働組合運動に巻き込まれていくことになる。

昭和五十年、オイルショックで企業は大変な時代を迎えていた。三菱電機の本体が製造部門を中心に人員整理があった。この現象を子会社である城北三菱電機商品販売にも押し付けてきたのだ。ここで菱電商事の組合が怒った。電機労連が強かった時代である。当分の間労働条件は菱電商事の条件に従属する。この規定に反することだ。団体交渉は城北三菱電機商品販売の労働組合と会社側の交渉である。当時社長は峰社長であった。会社側の後ろには三菱電機本体が、組合側には菱電商事の労働組合が強力な後ろ盾として付いていたのだ。これが話をややこしくしていった。

佐竹はこの時、執行部の端くれに加えられていたが、交渉が進むうち、佐竹はいつの間にか交渉の先頭に立っていた。最後は組合側が譲歩して、指名解雇がないことを条件に人員整理を受け入れたのである。そして退職金の上積みを勝ち取った。この時佐竹は、職場を変わる決心をした。

「人員整理は受け付けないとして戦ってきた組合が、人員整理を受け入れたのだ。組合の執行部からも退職者を出さなかったら示しがつくまい」

これが佐竹の退職理由であった。この時、枝村と丸野が辞めた。三人が役員からの退職者であった。この時すでに佐竹は次の職場、丸荘証券の面接を終わって採用通知を待っていた。日経新聞の夕刊に、丸荘証券の経理担当者の求人が載った。これに応募して面接を受けていたのである。長年株屋に憧れて生きてきた男だ。家電販売会社の経理の職に長くいる暇はなかった。この男が長年心の中で温めてきた「ギューちゃん」になる夢の入り口かもしれない。そしてこれが、俺の運命だとも思った。

その後この会社は、親会社である三菱電機が、重電三社の中では早々と家電部門から撤退した。その為に何度も集合離散を繰り返し、城北三菱電機商品販売の社名はどこかに消えた。しかしあれから四十年以上が経ち、物故者も多くなったが人の繋がりは今もある。五月一日に毎年ＯＢ会が続いている。素晴らしいことだ。

丸荘証券の頃

佐竹忠は丸荘証券の入社試験に臨んだ。面接室に入ると役員全員がそろっていた。しかしどう見ても立派な人達には見えない。社長の林田勇はそれなりの人物のようであった。あとの人達はたいした人物はいない。これが佐竹の丸荘証券での第一印象であった。


面接場面で役員のひとりが「価格変動準備金はわかりますか」と聞いてきた。

「これは時限立法の特別法で業界によっていろいろ定められていると思います」

佐竹の答えであった。この男、税理士を目指して税法を学んだ男である、こんな質問は藪蛇であった。いろいろ細かいことを言っていたが、佐竹はめんどうくさくなって啖呵を切った。

「経理は業界、会社によっていろいろあると思いますが、経理の本質はどこでも同じだと思っています。私が御社に就職して、与えられた経理の仕事ができなかったら、貰った給与は封を切らないでお返しします」

そして付け加えた。

「私はマンションを買って借金ができました。給与は年額で、三五〇万円頂きたい」

全くずうずうしい男である。しかしこの一言があだとなって採用通知はなかなかこなかった。佐竹は待ちくたびれて丸荘証券の総務に電話をした。

「この間の面接結果はどのようになりましたか」

「当社としては是非ともほしい人材だと思っていますが、三五〇万円がネックになっています」

総務部長の声であった。

「その金額はあくまでも私の希望額です。その金額にこだわっている訳ではありません」

そこから話は進んだ。当時丸荘証券の管理部門には阿部と岡村が同年代でいた。彼らとの関係があったようだ。三二〇万円で交渉は成立した。城北三菱電機商品販売では二八〇万円であったので上出来の転職であった。しかも憧れていた証券会社である。ギューちゃんに近づいたのだ。

入社をしても佐竹の出番はなかった。それは定年退職して嘱託で勤務している君島さんがいたからである。彼は長年丸荘証券の経理実務に携わってきた人であった。定年になり嘱託の身分である。いつまでも嘱託の人に重要な部門を任せておけないとの事情から、今回の中途採用の人事であった。

「君島さんのやる事をよく見ながら仕事を覚えてください」

岡倉常務に言われた。佐竹は経理の経験年数は短いが、その事務能力は、経理の実務を教えた近江太郎太が驚くほどの実力を持った男である。君島さんのやっていることを一週間も見ていると大体のことはのみ込んだ。そして自分なりの考えが整ってきた。

そこで経理のマニュアル作りと書類の整理を手掛けた。その頃はすべ手書きの作業であった。ワードもエクセルもない、計算は算盤である。これができないと仕事はいつまでたっても終わらない。証券会社特有の勘定科目、そして規則があった。その証券規則を勉強する為に業界の講習会に夜、半年ほど通った。

すべてを理解して一年と少しが過ぎた。君島さんを支店経理に換えた。そこでやっと佐竹の出番である。大蔵省への毎月の月次報告は十五日が期限であった。丸荘はいつも最後であったが、佐竹が経理になってからは十三日には大蔵省の担当者から「丸荘さんどうでしょうか」と電話がきた。

「できています」

こんな具合に変わっていた。そしてここで、椎茸栽培のところで触れた森証券との関係である。君島さんと同じく嘱託で萩原さんという方がいた。この人は総務付きの雑用係であったが、丸荘証券の先代から仕えた人で、社長の林田勇や岡倉常務にとっては、あまり好まれない人物であった。人格の問題ではない、昔のことをなんでも知っていることが敬遠された。しかし佐竹はこの人物が好きであった。

ある日「うちの桐生支店はもと森証券でした。ここの社長は森喜作さんといいまして」ここまで聞いて佐竹はびっくりした。

「森喜作さんですか」

「森喜作さんを知っていましたか」

「知っているもなにも、会ったことはありませんが私にとっては神様のような人です」

そのいきさつを萩原さんに話した。

「そうした奇遇が本当にあるものですね」

萩原さんの言葉であった。のちにこの人は佐竹のことを先生と呼ぶようになっていた。それは佐竹が、証券業務の全てを短期間で理解していたからである。一を聞いて十を知るこの能力を佐竹は持っていた。

「こんなに理解の早い人に初めて会いました」

そして佐竹の実力を見抜いている人がもう一人できていた。岡倉常務である。佐竹は岡倉常務に呼ばれた。二人は応接室で話した。

「佐竹君のこれまでをずっと見てきた。君に全てを任せる。君の思い通りにやってくれていい、そして君一人の判断に負えない時は私に相談してくれ」

この言葉に佐竹は驚いた。そして奮い立った。こんな言葉に非常に弱い男である。

そして萩原さんに岡倉常務のことを聞いた。

「あの人は書家だけあってそれなりの人格者です。弟とは全然違います。弟は人間の仮面をかぶった獣です」

ひどい表現であるが本当であった。この岡倉常務の弟、岡倉宏が佐竹のライバルとなっていく、そして彼がこのあと、長年にわたって顧客から預かった証券を百億も流用して、丸荘証券を倒産に追い込んでいくのである。まさに獣の所業であった。

岡倉常務の言葉を意気に感じた佐竹の奮闘が続いていた。兜町最後の相場師といわれた是川銀蔵さんが、丸荘証券で大商いを演じてくれた。佐竹はこの時、信用取引（顧客が証券会社からお金を借りて株式を買う取引）の残高管理と資金担当であったが、大変であった。岡倉常務に全てを任された以上頑張るしかなかった。

これまでの丸荘証券は、信用取引の残高が多くなると、資金繰りや担保のやりくりがつかなくなって、信用取引に関する商いをストップした。佐竹は、これを絶対やってはならないと考えていた。信用取引の残高が多くなることは、会社の大きな収益につながるからである。信用取引の貸付金利は当時五％を超えていた。商いが膨らめば手数料収入も増える。それを制限することは、管理部門を預かる者の力量不足を示すものであった。営業の方達がせっかく頑張って取った商いを、管理部門の勝手でストップするなどあってはならないことである。会社組織の中で管理部門のあるべき姿とは、営業を陰から支え、営業活動の助成をしながら上がってくる数値をしっかりと管理して、経営方針の指針を示す羅針盤でなければならない。しかし丸荘証券の管理部門には、その機能のすべてが欠けていた。佐竹が面接会場で最初に感じた「たいした人達はいない」そのものであった。その為に人の財産を預かって商売をしている証券会社が、資本金一億円の時代が長く続き、商いが増えれば信用取引をストップする。

営業活動の妨げをしている行為ばかりであった。これでは会社が大きくなることはない、佐竹はこれを打破したかった。

「ここが俺の力を試すチャンスだ」

そう思った。そしてこの難関を切り抜けた。しかしその為に敵も作った。中でも岡倉弟の心中は穏やかではない。岡倉兄弟ができなかった事を平気でやられては、いい気はしない。そして日証金（日本証券金融会社、一部上場の会社で日銀の出先機関、証券会社にお金の貸し付けと、株券の貸し借りを行う金融会社）や銀行など、外部の人達に無理難題を押し付けることが多かった。おかげで会社の収益は大幅に伸びた。

その年の決算を迎えた。法人税だけで億を超えた、丸荘証券ではかつてない数字である。ここで佐竹の悪知恵が働いた。仮の損益計算書を二通作った。税金をそのまま払った場合と、特別賞与を出してこの金額を増資に充てる方法である。

「税金を払うお金で資本の増額をしたらどうですか」

これまでの丸荘証券の考え方は、小さい証券会社であったおかげで四十年不況を切り抜けることができたという考え方があった。しかし佐竹はこれに真っ向から異を唱えた。

「当社は人の財産を預かって商売をしている会社ですよね、その資本金が十億の会社と一億の会社では、お客はどちらにお金を預けますか」

秋村論法である。

「税金を多く払っても、何かの時に国がみてくれるわけはありません。それよりも自分の力を蓄えた方が良いと思いますが」

佐竹のこの説得に林田社長が即断した。

「佐竹君の案でいこう」

六千万円の決算ボーナスを出すことにした。個人別の預金口座を作り、そこにプールしておいて、半年後に資本の払い込みを行った。合法的な節税工作である。そして資本金は一億五千万になった。一度レールが敷かれると後は、物事は自然に流れていく。この方法で段々と資本金は増えていった。そして社員全員が株主となった。岡倉清建はこの佐竹の知恵に感じ入った。そしてこう言った。

「何か問題が起きたら佐竹君がまた良い案を考えてくれるだろう」

その特別賞与を出した事業年度分の国税局の調査が入った。彼らは期間一か月と定めて調査に臨んでくる。毎日国税局の調査官との対峙が一か月間続く、たいていの者は参ってしまう。佐竹は平気であった。どうしてこいつらを自分の思い通りに操るかを考えながら、彼らと対峙していく男であった。その辺の税理士にはまねのできないような芸当をやってのけた。

「佐竹さん、残業時の食事代が高額なものばかりですね」

「どうせ残業代は出ないのだ、うまい物でも食おうぜ」

そういう考えで残業時の食事代は高くなっていた。この時代証券業界は、金は天から降ってくるような時代であった。

「日本橋へ夜中に来て食事をしてみなさいよ、安いところは一つもありません、仕方ないでしょう」

堂々とした嘘を平気でつく。

「印紙税の棚卸はできていますか」

「そんなものはありません。印紙税は人税ですか、私は物税だと思っています。物税は支払った事業年度の損金に算入する。私はその様に理解していますが」

しかしこれには佐竹の計算があった。これは否認額として渡してもたいしたものではない、しかしこの先に出てくるはずの役員賞与の否認額と引き換えに渡すつもりで、ここでは拒絶した。すべて計算どおりの流れであった。

何日かが過ぎた。段々と調査が進んでいくうちに役員賞与が多額になっていることに気が付いた。しかし調査官は、佐竹の考えていることが少しずつ分かるようになっていた。

「佐竹さんこれは渡してくれないでしょうね」

丸荘証券には使用人兼務役員が大勢いた。この人達の賞与が使用人分を超えていたのである（使用人兼務役員の賞与は、使用人の部分と役員の部分に分けられ、役員分に対するものは給与と認めない）。この額を指摘してきた。これを佐竹が承知するはずがない、彼はそう思っていたのである。

「それは渡せない、しかしこれをあげる」

例の印紙税である。

「棚卸表は作っていませんが受払帳はつけています。逆算すれば棚卸表はできますから」

棚卸表はすでに机の引き出しに入っていた。

「しかし私もこのままでは帰れません。この賞与がオーバーした理由書を書けますか」

「書けますよ、私は学校時代作文の成績は優でしたから」

優なんか取ったことはない。しかし立派な理由書を書いて渡した。佐竹の思う通りに調査は進んでいった。調査官の終わりの日が近づいていた。

「佐竹さん、少し手伝ってもらえませんか」

「いいですよ、何をやればいいですか」

「福利厚生費と会議費の中から、交際費に該当するものを書き出してくれませんか」

（交際費は税法上の限度額があってそれをオーバーした分は経費と認めない）

「分かりました。便箋に何枚書けばいいですか」

「三枚ぐらいはほしいです」

佐竹は三枚を書き出した。それは金額の小さい物から書いて三枚の便箋を埋めればよいことであった。当然調査官も佐竹のやることは分かっている。佐竹の活躍で税務調査による追徴課税額は大幅に減少していた。そして岡倉清建はこう言った。

「佐竹君が経理担当になってから帳簿のつけ方が良いのか、税務調査官とのやり取りがうまいのか追加の税額は大幅に減った」

このように岡倉清建は佐竹の実力を認めていた。しかし世の中は面白くできている。

自分がその実力を認め、会社の将来に期待ができる貴重な人材を自分の手でこの後、丸荘証券から追い出すことになる。

証券会社は二年に一回大蔵省（財務省）の検査が入る。その中で佐竹は役人達とのいざこざを常に起こす男であった。

「俺が払った税金でこいつらを飼っている」

佐竹の根底にはこれがある。役人風を吹かしている奴を見るといじめてやりたくなる。佐竹は経理担当で金庫のカギを八年間預かっていた。金庫と言っても半端なものではない。大きな丸ハンドルが付いた金庫室のカギである。検査初日の検査官は、佐竹が金庫室を開ける前に来ている。目の前で金庫室を開けさせてから検査が始まる。経理担当者の机は、その引き出しまで開けて見る。中に私物のお金でも入っていたら「これはなんだ」となる。しかし佐竹の引き出しを開ける勇気のある検査官はいなかった。机の引き出しに手をかけたとたん定規が手首に飛んでくるからである。叩かれたあげく「お前らはなにをしに来たのか」となる。役人という生き物は、自分よりも強い者には決して逆らわない習性がある。これは畜生と同じである。その性質を佐竹はよく知っている。
大蔵省の検査官は五、六人でやってくる。期間は一か月である。検査がかなり進んだ頃、証券課の課長が陣中見舞いにやってくる。この時の役人達の行動を一般の人が目にすれば、たいていの人はびっくりする。どんな仕事をしていても、課長の姿が見えたとたん仕事をやめて直立不動の姿勢になるのだ。佐竹はこの光景を初めて見た時、こいつらはバカかと思った。同時に、課長と一戦を交えておけば俺の前でこいつらが威張ることはない。その方向に頭が回った。そしてその機会をうかがった。
「債権償却特別勘定」(損が発生したがその額が確定しない場合の仮勘定)
この処理を巡ってのやりとりであった。これは黒川木徳証券の外務員が起こした証券事故の被害を、丸荘証券ほか数社が受けていた。この処理で前年度に損害額の半分を「債権償却特別勘定」に繰り入れてあった。黒川木徳証券から損害額の一部を支払ってもらうことで話が決まった。従って仮勘定である「債権償却特別勘定」は速やかに処理すべきものであった。佐竹はこれを今期で処理すると課長に持ち掛けた。しかし課長はうんと言えなかった。うんと言えない理由は二つある。課長の判断で処理できる事象ではない(証券局長の判断である)。そして丸荘証券だけが処理されては困る問題である（被害を受けた全社が一緒の処理でなければならない）。

「今期が駄目なら来期はいいですね」

「いやそれは何とも言えない」

何とも言えない理由は証券会社の来期の収益である。そのことも佐竹はわかっている。しかし突っ込んだ。

「それはおかしいでしょう。損害額が確定したものをいつまでも仮勘定で残しておくのは、企業会計原則に照らしておかしくないですか」

企業会計原則なんか聞いたこともない言葉である。国立大学を出たキャリアであっても、会計学まで勉強しているとは思えなかった。佐竹が得意とする秋村論法である。彼らの知らない言葉を繰り出して課長を攻め立てた。佐竹は「債権償却特別勘定」の処理などどうでもよかった。目的は大蔵省の職員がいる前で、課長と論戦を戦うことであった。キャリアであっても、佐竹から見れば道端に転がっているただの木石（ボクセキ）である。しかし役人の立場から見れば、課長は同じ役人でも住む世界が違う、後光がさしているような人である。その人が攻め立てられている光景をみて驚かない役人は一人もいない。佐竹はその雰囲気をよみ取ってから論戦を切り上げた。

「私の方から岡倉専務に電話をして説明させていただきます」

「その必要はありません。私が帰って説明しますから」

会社に帰ると岡倉専務が「佐竹君何かやったか」「やりました」

岡倉専務のところに課長から電話があったのである。課長が証券会社に直接電話をすることはめったにない、その為に岡倉専務は佐竹が何かやったのだと直感した。これ以降佐竹にとって、大蔵省関係の風通しは非常に良くなった。そして検査官も、佐竹に対する引継ぎをしっかりと受けてから来るようになっていた。


丸荘証券は、両毛線沿線に三店舗の支店があった。佐野支店は丸荘証券発祥の地である。足利支店、そして元森証券であった桐生支店があった。足利では、足利市商工会が主催する花火大会が毎年開催されている。その花火大会を丸荘証券の「社友会」の勧めで、佐竹も子ども達を連れて観に行った。

花火を観て帰った佐竹は、総務の尾崎に「地元の呉服屋が上げているぞ、丸荘証券も花火をあげろ」と進言した。

「佐竹次長それはだめですよ。花火はパッと上がってパッと消える。証券会社はきらいます」

尾崎は、歳は若いが正論の持ち主で、丸荘証券の中では数少ない佐竹の理解者であった。

「それは証券会社の言い分だろう。お客の立場はどうなのだ、丸荘は両毛に三店舗ある。ここのお客さん達は、たくさんの人がこの花火を観ているはずだ。その時、丸荘証券の文字花火が夜空に上がったらどのように思うのか」

尾崎はこの佐竹の言葉をそのまま社長に伝えた。その翌年から「丸荘証券」の文字花火が足利市の夜空を飾った。


佐竹は入社して八年目を迎えていた。経理部門の中で佐竹の居場所は段々となくなっていた。それは、岡倉兄弟の事情があった。兄の岡倉清建はこの時、専務取締役であった。弟の宏は取締役管理部長である。兄は近い将来引退する。その後釜は岡倉弟でなければならない。しかし間に佐竹がいた。この男めっぽう仕事ができて、数字もお金も握っている。佐竹をこのまま放置すれば、将来岡倉兄弟にとって代わられる心配があった。岡倉弟は、佐竹を管理部門から排除するように、兄の岡倉清建に強く進言した。佐竹はこの動きを事前に知ることができた。それは太平ビルサービスの成田さんがいたからである。彼は丸荘ビルの六階に夫婦で住んでいた。皆の仕事が終わってから彼は社内の清掃作業に入る。そこでは岡倉弟が良からぬことを考えて兄の清健に進言する。兄の清健はこれを社長の林田勇に自分の意見として上伸した。そしてこれが会社の経営方針となっていた。佐竹の人事についてもしかりである。その状況は翌日には成田さんを通じて佐竹の元に筒抜けであった。彼は昼間、佐竹の下で銀行回りのお使いをしていた。佐竹には、敵も多かったが味方もいた。この状況を知った佐竹は、自己申告で債券部への転属を望んだ。

その頃の丸荘証券の債券部はゴミ捨て場のような感じで、仕事のできない人たちの集団ができていた。佐竹はあえてここを望んだ。それは債券を勉強する為と、ここで利益を上げることを考えていたからである。岡倉兄弟にとっては渡りに船であった。

佐竹が岡倉専務に呼ばれた。

「佐竹君、部署を換わってもらうことになった。債券部だ」

「わかりました」

佐竹は二つ返事であった。邪魔者であった佐竹が自分からゴミ箱の中に入っていくのである。岡倉弟にとってこんな嬉しいことはない。しかしこの時、兄の岡倉清建の手は震えていた。それは六年前の約束が彼の心を締め付けていたのである。

「佐竹君に全てをまかせる」

この言葉を彼は忘れていなかった。そして佐竹がいなくなった後の心配もあった。しかし弟の意見を抑えることができなかったのだ。これを境に丸荘証券は段々と歪な経営が進んで行くことになる。バブル経済の中ですべてがうまく隠されて流れていったが、バブル崩壊とともに経営破たんに向かって火を噴いた。

この人事が社内で発表された日、佐竹は社長室に呼ばれた。

「佐竹君、一度経理を離れてもらうことになったが、いずれ経理に戻ってもらう、違った部署も勉強してもらいたい」

この言葉の中に佐竹は、林田勇が岡倉兄弟の意見を抑えることができなかったことをよみ取った。しかし佐竹が二度と経理に戻ることはなかった。

佐竹は債券部に換わっていた。仕事のできない二人の部長がいた。取組役債券部長の古市と債券部長の稲川である。いずれも相場も分からない、肝っ玉は小さく、国債を一億持ったら夜が眠れない男達である。債券の仕事などできるはずがなかった。しかし佐竹はこの二人の下に付くのである。それは最初から分かったことであったが、この男は知恵者である。二人の下でくすぶってはいなかった。

「社長、私も債券部へきて半年になりました。私なりの考えがあります。聞いてくれますか、二人だけで話がしたいです」

社長に直訴した。林田勇は昭和二年生まれのうさぎ年であった。佐竹はこれで三人目の一回り上のうさぎ年の人と付き合うことになった。

「高島屋の特別食堂を予約しておく、そこでいいか」

二人は昼の時間に二時間話した。

「丸荘証券の債券部は今のままでいいですか。私が会社に入った時は菊池さんの所と同等でした。しかし今は極東証券に大きく引き離されています。私の考えでは、小さい会社であっても、株式と債券の両輪がなければ証券会社の発展はないと思っています」

菊池さんとは極東証券の社長である。この人は林田勇の親友であった。

「佐竹君その通りだ、どうしたらいいと思う」

「私を半年か一年、債券を勉強する為によその会社に出してくれませんか、四社はだめです。大きすぎてまねができません。その下の準大手なら何処でもいいです」

「それはいい考えだ、しかし佐竹君、敵に塩を送る武将がいるかな」

「それは社長が探してください、業界に顔がありますから」

「よし分かった、すぐに探してみよう」

二人はそれでわかれた。昭和五十八年の年の瀬が迫っていた。

それから三日が過ぎた。佐竹は社長室に呼ばれた。

「佐竹君、年が明けたら新日本証券に行ってくれ」

「わかりました」

佐竹はこれで二人の部長の前に出られると思った。債券の勉強はこの半年ですでに終わっていた。しかし二人の前に出ないと仕事はできない、その為には自分に箔をつけてくるしかないと思っていた。社長を巻き込んだ作戦は成功した。林田勇は佐竹が社長室を出た後、古市、稲川両部長と、債券担当役員の加藤常務を社長室に呼んだ。

「正月が明けたら佐竹君を新日本証券へ勉強に出す」

彼ら三人は寝耳に水であった。佐竹は上司の領域を飛び越して、こんな非常識なことを平気でやる男である。中学生の頃からこの性格は全く変わっていなかった。自分の考えを通す為には手段を選ばない、だから人に嫌われた。

佐竹は年が明けて新日本証券に行った。会社に入った瞬間、これが証券会社だと思った。雰囲気が丸荘証券とは全然違った。サムライがごろごろしていた。そしてトレーニー達がたくさんいた（債券業務の勉強に来ている人）。この環境の中で佐竹は七か月を過ごした。ここで二人の人物と出会う。

斉藤実、この人物は、佐竹達大勢のトレーニーの受け入れ窓口を務めていた。彼は財務から債券部に換わって、新日本証券の債券部の立ち上げに大きく貢献した人物である。証券の全てのことが分かっていた。皆から頼りにされていた。しかし大酒のみであった。佐竹とは二歳違う、彼の方が下である。いい忘れたが、佐竹は一滴も酒を飲まない男である。しかし二人はなぜか馬が合った。すぐ友達になった。それは過ごしてきた境遇が非常に似ていたからである。斉藤実も組合活動に嫌気がさし、会社をやめて新日本証券に途中入社していた。そして税理士試験も何度も受けていた。佐竹は簿記論の一科目であったが、彼は簿記論、財務諸表評論の二科目に受かっていた。そしてその仕事ぶりも同じ様であった。酒を飲まない佐竹であったが大酒飲みの斉藤実に毎晩のように付き合った。

そしてもう一人は服部不二夫である。この人物は博学であった。温厚な人物で大学の教授にしたいような人物である。こののち、この人物とは深いかかわりを持つことになって十四年間付き合うことになるが、それはもっと後のことである。

この新日本証券でも様々なことがあった。佐竹は他の会社に行ってもじっとしていない男である。

外国債券課にお世話になっていた時のことだ。ゼロクーポン債（外国物の割引債）が飛ぶように売れて忙しかった。事務方を務めるのは女子社員の伊藤さん一人であった。支店からの注文伝票の作成から入力業務まですべてを一人でやっていた。仕事は夜になっても終わらない、それが何日も続いていた。佐竹はそれを見かねて動いた。

「伝票はこちらで書きます。あなたは入力だけしてください」

伊藤さんに指図をした。他の会社に来て、そこの社員に指図をして仕事をするトレーニーは初めてである。この伝票書きを、遊んでいるトレーニー達に押し付けた。

「佐竹さん少しやりすぎではないですか」

東京証券取引所からきていた片上が言った。

「そんなことはない、新日本証券に草鞋を脱いでいる以上、一宿一飯の恩義がある」

佐竹の口上に異を唱えるトレーニー達はいなかった。下は女子社員から上は役員まで、みんな関心をもって佐竹の所業を見守った。これが縁で、伊藤さんは何年か後に佐竹の下で働くことになる。

「佐竹さんお客を持っていればこの銘柄を入れておけばいい利回りになりますよ」

外債課の芝田さんに勧められた。それは日本鋼管がユーロ市場で発行したユーロドル債であった。佐竹はこの時、古市から引き継いだリコーの財務に出入りをしていた。そしてこの債券を勧めた。当時は外債投資などあまり好まない時代である。なぜならば国内もので十分に利回りが取れたからである。国債の利回りでも五%を超えて運用できた時代である。なじみのない外国債など必要でなかった。しかし外国債でも日本企業が発行した債券である。リコーの財務はこの話に乗ってくれた。そして半年後の運用成績は一億五千万円の元本で三千万円の利益がでた。利回りの低下と円安が重なった為である。そして丸荘証券も往復の手数料として五百万円を頂いた。この時佐竹の年俸は九百万円ぐらいであった。新日本証券で遊んだ半年間の自分の給料をこの商いで稼ぎ出していた。

この課には阿部課長がいた。彼は鬼課長であった。牧野君と村雨君の二人の若者がいたが、この二人をスパルタで鍛え上げていた。外債の売買には必ず為替が絡んでくる。この為替予約を売りと買いを間違って予約する。これを酷く叱りつける。昼飯も食わせない、間違っても大した金額ではない、間違うことを想定してやらせているのである。そのスパルタに二人は耐えていた。昼食抜きで仕事をしている二人を見て、佐竹は食堂からパンと牛乳を買ってきて与える。すると阿部課長は知らんふりをして席を外して姿を消す。こんな具合であった。

ある日仕事が終わってから皆で飲みに行った。

「課長、やり方が少し酷くはないですか」

佐竹はなんでも思っていることを言う男である。

「佐竹さんそう思いますか、私たちは歳を取っていずれ定年を迎えます。会社の将来は彼ら若者に託すしかありません。そしてこれから先、何度も苦難にぶっつかります。その時、今の苦しみを思い出して難関を乗り越えてもらいたい。その思いで二人をきたえています」

佐竹は返す言葉がなかった。ここにも一人サムライがいた。

佐竹が新日本証券に来て七か月目を迎えていた。丸荘証券に帰って役員会に提出するレポートを書いていたら、斉藤課長（実）が「佐竹さん午前中だけあいつらに講義をしてくれませんか」

あいつらとは新しく来たトレーニー達である。

「昨日はここまで話してあります。ここから適当に話してやってください」

「課長、私は勉強の為に新日本証券にきています。それがなんで講義するのですか」

「うちで佐竹さんに教えることはもう何もない、俺は午前中に何としてもやらなければならない仕事がある。頼むからやってくれ」

「わかりました」

佐竹はこれを引き受けた。休みを入れながら三時間話した。それが縁で、今でも年賀状をくれる人がいる。百十四銀行の高橋雅敏である。あれから三十年以上が経っている、人の縁とは尊いものである。

佐竹が丸荘証券に帰る日が近づいていた。

「佐竹さん、債券マニュアルのセットを、原稿の更新を行って入れ替えているところです。よかったら丸荘証券の表紙にして持って帰ってもいいですよ、上の方には私から話しておきます」

斉藤実の独断であった。

「値段は印刷屋と話しあって直接やり取りしてください」

教材といえども、企業のノウハウが詰まったマル秘資料に近い内容の物である。全部で五冊がセットになっていた。原稿は、現場で実務に携わっている人達が書いたものである。まさに生きた教材であった。佐竹は丸荘証券の表紙にして五十部を頂いた。こんな貴重な資料を自分の会社の表紙にして持ち帰るなど、新日本証券でも前代未聞の話である。七か月の間に、佐竹はこれを会社の幹部に納得させるだけの人脈をつくっていたことになる。全く不思議な男である。

印刷屋の社長は柳さんといった。

「佐竹さんは丸荘証券に帰ればかならず役員になる人です。仲良くしてもらっておくといい、斉藤課長にそう言われました」

柳社長は全く見当違いのことを言った。

「それは斉藤さんの買いかぶりです、私は志願兵で新日本証券にきたのです」

新日本証券の幹部の方々は、佐竹の七か月の行動から、丸荘証券は佐竹に帝王学を学ばせるために新日本証券に送り込んできたと判断していたようであった。しかしその心配はなかった。丸荘証券では、これほど人に嫌われている社員はいなかったからである。タラレバの話になるが、佐竹を役員にしていたら丸荘証券が倒産することはなかった。それを一番感じていたのは晩年の林田勇であった。林田勇を被告人とする裁判が始まった時、そして数年後佐竹が書いた本『我総理大臣なりせば』を読んだ時であった。時すでに遅しである。

丸荘証券に帰ってからの佐竹の活躍が始まった。佐竹が持っていたものは三本の弓矢ではなかった。新式の連発銃である。次々と引き金を引いた。全て命中した。

まず手始めに逆ザヤ（社債を買って株式に変えると利益が出る）になっている転換社債に目を付けた。目をつけていたのは佐竹だけではない。しかしこれには株券を借りてくる条件が付く（転換社債を買って株式に変換するには一か月かかる）、この手立てがなかった。佐竹はすぐに日証金の志賀清に電話をした。

「日証金は現物株でも貸せるのか」（信用取引で売りができない株式）

「銘柄によったら貸せますよ」

志賀清とは、佐竹が経理時代信用取引で丁々発止やった仲である。佐竹の野郎、と思うほどの難題を押し付けたこともあった。しかしこれが縁で、三十年以上が経った今でもお互いに「おい、こら」の仲が続いている。

「島崎君、この銘柄に二百万買い伝票をいれておけ」

島崎は丸荘証券の債券部の場立（取引所の中で証券の売買を行う人）であった。

「佐竹次長、この銘柄はだめですよ、逆ザヤになっているから売る人はいませんよ」

「君は場立を何年やっているか、この銘柄が何日も値段が付かなかったらどうなるか」

「上場廃止になります」

「幹事証券（その会社の債券や株式など、募集や売り出しの総元締め）はそれを防ぐ為に、どこかでクロス（売りと買いを同時に行い値段をつける）を振るしかないだろう。買いが出れば必ずそこへぶっつけてくる」

佐竹の読みは的中した。

「前場で二百万買えました」

「四千株売っておけ」

「株券はどうします」

「それは俺が借りてくる」

この方式は確実に利益が上がった。毎月八百万円くらいの利益があった。八百万円はたいした額ではない、しかし当時の丸荘証券の債券部にとっては大きな金額であった。それだけ稼ぎのない営業部門であった。


こんなことがあった。当時転換社債（社債であるが株式に変更できる社債）が大流行した時代である。毎月十銘柄前後が新規上場してくる。これを新発で買っておくと必ずもうかる仕組みができていた。それを顧客への利益供与に使っていた時代だ。その頃電子黒板ができていた。株式はもとより転換社債の黒板は、株価、社債価格、パリティー（株式に変換する場合の比率）と、この三つが表示されて便利であった。次々に上場してくる転換社債の値段を、営業や支店向けに通すのが大変であった。佐竹はこれの導入を考えた。しかし二人の部長は反対であった。このようなコストのかかるものを導入するとその成果を求められる。即ち利益である。社長に進言した。

「佐竹君、これを入れて元が取れるのか」

早速きた。佐竹はすぐに切り返した。

「元は取れないと思います。これが利益を生むわけではありませんから。しかし売買注文を受ける時、投資家はこの黒板を見ながら、表示されたパリティーを見て注文を出してきます。その注文を受ける証券会社にこの黒板が無いということは丸荘証券の恥になりますね」

当時生命保険会社や損害保険会社はこの黒板をすでに入れていた。そして新規上場してくる転換社債を頻繁に売買してくる。秋村論法である。このコスト（月額十八万円）以上の成果を佐竹はすでに出している。例の逆ザヤになった転換社債である。そのようなことは一切口にしなかった。佐竹の論法に社長は入れることを承諾した。九十銘柄の黒板を入れた。当時丸荘証券クラスの会社でこの黒板を入れているところは少なかった。これで職場に活気が出た。値段を通すのも効率が上がった。

この電子黒板を入れて数日が経った。朝、市場が始まると、この電子黒板の前から動かない男ができていた。社長の林田勇である。

「佐竹君、銘柄数が少ないな、もっと大きなのに変えろ」

「これ以上大きなものだと、あの二人は黒板の裏側になりますよ」

「いいじゃぁないか、阿部君を呼べ」

阿部は当時総務部長であった。林田勇は阿部に命じて百二十銘柄の黒板に入れ替えた。これが電子黒板を入れることに難癖をつけていた男の数日後の姿であった。そしてこの男は、相場が好きな男である。商いが弾んだような銘柄を買った。しかしそのほとんどは天井である。

「島崎君、この銘柄は売っておけ」

「佐竹次長これは社長が買った銘柄ですよ」

「ひかれた（評価損）銘柄なんかとっくに忘れているよ、これ以上持つと損が大きくなる」

これもまた佐竹の仕事であった。社長の林田勇は、佐竹が次々に知恵をだし、ゴミ捨て場であった債券部が活気のある部署に変わったことに気が付いていた。働いている社員も男女を問わず積極的な動きになり「佐竹を新日本証券へ勉強に出してよかった」と思うようになっていた。そして何かあると二人の部長よりも佐竹と話をすることが多くなっていた。

当時割引債があった。無記名で分離課税一万円単位である。この時代、割引債を買っておけば年率五％に回った時代である。今では夢のような話であるが、これを使って個人現先をやった。個人現先は証券取引法違反である（現先とは、顧客に売った債券を必ず証券会社が買い戻す約束の付いた売買）。佐竹はそれを平気でやった。お客も儲かる、証券会社も儲かる、こんないい物をどうしてやってはいけないのだ。法律が間違っている。これが佐竹の論法であった。

しかし大蔵省の検査の時には見つからないようにうまくすり抜けていた。お客はリスクもなく、三か月で五％の利回りになった。すぐに三十億の金が集まった。丸荘証券もこの売買で月額千万円以上の利益が出るようになっていた。

そして償還債（満期になった債券）の買い取りをやった。百円で償還される債券を、佐竹は百円十銭で買い取った。証券会社は六十銭（取り扱い手数料と税金の還付があった）の利益が出る商品である。これをお客に十銭戻す。これが佐竹の商法である。一千万のお客は十万多く受け取ることになる。しかしその頃、有価証券取引税があった。それが五万円かかる。お客は五万円のプラスであった。他社が売った償還債をどんどん買い入れた。

しかし上には上がいた。この佐竹の上前を刎ねる奴がいた。極東証券である。佐竹が償還債を集めていることは稲川から聞いて知っていた。

「佐竹さん、償還債を少し回してくれませんか」

「私も目的があって集めています」

とは言ってもゼロというわけにもいかなかった。これが債券部の業者間の付き合いである。百円十五銭で一千万とか二千万を譲ってやった。


支店の若手を集めて債券の講習会も月に何回かやった。新日本証券から頂いた教材が役に立った。支店回りもして、長野支店の時は一泊でいった。最後は飲み会まで付き合うと、ここでは本店に対する苦情や不満が出てきた。これを飲み込んでやるのも本店にいる者の務めだと思って付き合った。長野支店は、割引債の販売があまり良くなかった。常に目標額に届かない状態であったのだ。そこで目標達成の手立てを教えた。

「信用取引口座で現金を預かっているお客にアプローチをして、割引債を買ってもらえ、現金でおいても利息は付かない、しかし割引債なら利息をつけてやる」

個人現先である。三か月以上なら、五％の利回りで回る。年に三回これをやれば目標達成はできるはずだ。

あるとき佐野支店の若手営業マンから電話で相談を受けた。

「佐竹次長、八十万では駄目でしょうか」

例の個人現先である。本店は、三百万から、支店は、百万からと決めてあった。百万も、八十万も同じである。せっかく取って来た商売を生かしてやりたかった。

「君の分だけ特別に認めよう。お客には自分が頑張って本店と掛け合った。その様に言えよ」

彼はこの先さらに営業に力を入れて頑張ってくれるだろう。佐竹はそこまで計算していた。

講習会では次のようなこともあった。星野隆が足利支店長の時である。

「佐竹さん、足利税務署の署長が講演してくれと言っています」

「いいですよ」と引き受けた。行ってみて驚いた。会議室になんと四十人以上の税務署員がいた。

「お前、話がちがうぞ」

「私もこんなにいるとは思いませんでした」

星野も驚いた。銀行よさようなら、証券よこんにちは、の時代である。地方都市の小さな会社にまで、現先をはじめとする金融商品が入り始めていた。税務署が調査に入っても、金融商品の知識がないので調査に支障をきたしていたのである。足利の税務署長と星野は友達であった。その講師を頼まれていたのである。佐竹は覚悟を決めて、現先をはじめ、短期金融商品について三時間ほど講演をした。みんな熱心に聞いた。講演が終わって署長室でしばらく話した。

「佐竹さんは講義が上手ですね、あれだけ長く話して一人の居眠り者もいませんでした」

署長は全然違ったところを見ていた。一万円の講演料を貰ったので、会社に持ち帰り女子社員に渡した。当時は社内旅行があった時代である。旅行費用に充てた。金額はたいした額ではない、しかし税務署に行って講演料を貰ってくるなど、丸荘証券始まって以来のことであった。

佐竹が債券部に来てから、次々と新しい物を考え出して、職場は忙しかったが活気があった。新日本証券から百億、二百億の伝票が飛んできた。キャッチボールの相手（業者間の売買）に選んでくれたのであった。佐竹が作った人脈である。現先も委託現先（他の業者の債券を借りてくる。リスクもないが儲けもない）から自己現先（リスクを取って自分で債券を持つ）に切り替えていた。国債も十六億持っていた。古市、稲川ラインで考えられない状況が生まれていた。債券の仕事は、自分で知恵を働かせればいくらでも商品を作り出すことができ、利益を上げることができる。こんな面白い部署はない。経理なんかやっている場合ではない、そして「この部署で年間十億円の利益を稼ぎ出してやる」佐竹はそのような構想を描き始めていた。

その頃、株式の時価発行が大流行した時代である。会社は、資本準備金の中から株主還元の為に無償交付（ただで新株式を株主に交付する）を盛んにおこなった。信用取引の買い残に対する割り当て分は、資金の払い込みが必要であった。従ってほとんどの顧客が失権する。日証金はこれを入札にかける。前場が終わると前場の引け値から、三％安い値段で売り出す。これに丸荘証券は積極的に参加した。その引き受けた株数を、後場の寄り付きで売りつなぐ間に利ザヤが生まれる。これを法人顧客に販売した。売りの片道分の手数料が入る。この商売は法人営業部が主体で行ったが、これを教えたのは佐竹であった。なぜ佐竹はこのような事を思いつくのか、それは信用取引の仕組み（顧客と証券会社、そして日証金の関係）を熟知していたからである。

この佐竹の活躍で、債券売買高は八倍に膨れ上がり、収益の上がる部門に変わっていた。ゴミ捨て場であった債券部の活況を見ると、丸荘証券の前途は洋々として、佐竹と林田勇が高島屋の特別食堂で話し合った方向に進むはずであった。しかし丸荘証券には、これを苦々しく思ってみている人達がたくさんいた。それは自分自身が、新しい考え方やシステムに対応できず、変化に対する抵抗感があった為と、佐竹が皆から嫌われていたからである。

佐竹はバズーカ砲を打つ銃士に選ばれた。債券先物市場がこの時から始まったのである。債券のデーリング（証券会社自身が自己売買を行って利ザヤを稼ぐ）ができる者は佐竹しかいなかった。

「買いしか知らない株屋が債券先物をやるのだ、しばらく見て売りから入る」（先物の場合は売りと買いの相対取引である）

佐竹のバズーカ砲は見事に当たった。あっという間に一億円の利益を上げたのだ。丸荘証券の債券部で一億円の利益は見たことがない数字であった。先物を買い上げた為に、長期金利が異常に低下して日銀が慌てた。すぐにバケツで水をかけて火を消した（長期金利を上げる為に市場の資金を吸い上げた）。先物が暴落した。それは佐竹のよみ通りであった。そして二発目のバズーカ砲を打った。値ごろ感から買いを入れたのである。これが見事に外れてさらに下落した。黒田君が持っているバズーカ砲の様に性能が良くなかったのである。

それ見たことか、足を引っ張る連中が群がってきた。特に岡倉兄弟の攻撃はすさまじいものであった。大蔵省に行って「債券先物の売買は絶対にしません」と決めた。これは役員会にもかけない、社長も知らない、岡倉兄弟の独断であった。佐竹の動きにストップがかけられた。

損を取り返す機会を奪われたことに佐竹は腹が立った。相場の世界に損はつきものである。損を取り返してトータルでプラスになっていればデーリングはＯＫの世界だ。しかし佐竹の出した損は、岡倉兄弟にとっては許せないものであった。この頃、佐竹の存在は岡倉兄弟にとって脅威になっていたからである。経理部を追い出したまでは良かったが、それから二年が経ち、ゴミ捨て場であった債券部は、社長を取り込んだ佐竹の戦略が功を奏して輝きを放った部署に変わっていた。そして林田勇は佐竹の意見を多く取り入れるようになっていたからである。これでは困る。この頃から始まっていた保護預かりの証券流用が社長に知れる心配もあった。その為には佐竹の行動を徹底的に阻止する必要があったのだ。この頃、岡倉兄弟の人事権は債券部の女子社員にまで及ぶようになっていた。岡倉兄弟がいる限り、俺がこの会社で力を発揮するチャンスは無い。佐竹はそう思うようになっていた。こんな会社にいられるか。すぐにヘッドハンターの田中に電話を入れた。

「会社を辞めることになった。俺の行先を探してこい。外資は駄目だぞ、俺は英語ができない」

新日本証券から帰って来た時、田中から誘いがあった。その時は「俺はいま会社を辞めることはできない、しかしいずれ辞めることになるかもしれない、その時は電話をする」

その時がきたのである。佐竹はそれから辞める為の準備を始めた、先物が駄目なら現物国債を買うことにした。しかしこれも駄目だと言われるにきまっていた。それでよかった。リコーの財務を訪ねた。

「三十億三か月の現先をお願いできませんか。レートは少し上乗せします。ただしこれはまだ上の決裁を得ていませんので、それが下りてからになりますが、どうでしょうか」

「いいですよ」

佐竹が三十億と決めたのは、相場は一円（百円に対して）戻るので三億の利益が欲しかったのだ。

社に帰って加藤常務に話した。彼は役員会で佐竹の出した損金について責められて、ろくな説明もできないでいる男である。佐竹の話に乗れるような度胸はない。そのことは佐竹も十分に分かっていた。しかし佐竹はこの後の社長との対決にこれが必要であった。佐竹は辞表を出した。加藤はこれを受けた。林田勇は激怒した。佐竹の計算通りであった。

「佐竹君、会社を裏切る気か」

「社長、そのお言葉はそっくりのしをつけてそちらにお返しします。裏切られたのは私の方です。私が新日本証券から帰った時、レポートを八枚書いて役員会宛てに提出してあります。それを何人の役員が読んでくれましたか、そしてどれだけ債券について理解してくれましたか。損を出したのは私の責任です。その損を取り返す道を閉ざしたのは会社の責任です。債券先物も駄目、現物国債も駄目、相場は私の予想した通りすでに戻っています。損を取り返す機会を奪われた者の悔しさが分かりますか」

社長は、佐竹が債券先物の売買を止められていることを知らなかった。これも佐竹は分かっていた。岡倉兄弟とは八年間付き合った男である。佐竹憎しから、岡倉兄弟が独断的に行った行為を、林田勇が覆すことができないことも計算づくであった。林田勇は返す言葉がなかった。佐竹の勝ちである。佐竹は人の心理を読み切って動いていた。このような理詰めの戦争には負けたことがない男である。佐竹は例によって啖呵を切って追い打ちをかけた。

「会社を良くしようと思ってなにかをすれば、あちこちから私の足を引っ張る奴が出る。こんな会社にいたら自分が駄目になる」

俺を使い切ることができないような会社に居ることはない。そういう気持ちになっていた。この時、佐竹は田中の仲介ですでに行き先を決めていた。イギリス系の証券会社であった。英語ができないことの条件付きで、年俸千三百万の契約である。債券担当役員の加藤常務に人を説得する力があれば、佐竹が丸荘証券を辞めることはなかった。しかしこの男は、早稲田大学を出ていたが、自分の意見を持ちながらその意見を他人に伝えることができず、説得力がゼロの人であった。従って岡倉兄弟の言いなりになるしかなかったのである。これも丸荘証券にとっては不運なめぐりあわせであった。

佐竹は一か月をかけて、支店廻りと自分が手掛けていた仕事の引継ぎを行った。会社に対しては義理などない。しかし一緒に働いてくれた人達や支店の連中には義理があった。佐竹の言う通りに動いてくれて債券部を盛り上げてくれた。そして債券がどのようなものかも少しは理解してくれたに違いない、そう思っていた。

佐竹が丸荘証券最後の日をむかえ、社長室に挨拶に行った。

「今日で最後です。いろいろわがままを言ってすみませんでした」

「佐竹君、向こうに行って駄目だったらすぐに戻ってこい、こちらはいつでもいいからな」

林田勇は佐竹に未練があった。しかし岡倉兄弟の暴走を抑えることができず、会社の将来を託すべき貴重な人材を手放すことになった。そして林田勇の期待とは裏腹にこの後、佐竹は二度と丸荘証券の敷居をまたぐことはなかった。

こんなことがあった。経理にいる時の話である。

「佐竹君はうちの会社にとっては福の神だ。佐竹君が来てから悪いことはひとつもない」

これは、管理部の人達が大勢いる中で林田勇が言った言葉である。その福の神が会社を去ろうとしている。福の神が会社を去ってから十一年後に、預かっていた顧客の大事な財産を百億も使い込み、顧客や証券業界に多大な迷惑をかけたまま丸荘証券は兜町から姿を消すことになる。

人に運命があるように会社にも運命がある。その運命をうまく掬い取ることができれば会社は発展する。それを決めるのが経営者である。この時、林田勇は岡倉兄弟をとるか、佐竹をとるかの選択を迫られていたが、本人がそのことに全く気が付かないまま流れに任せて岡倉兄弟を選んでいた。このことが丸荘証券を滅亡に導く入り口となった。

どこの会社にも福の神と疫病神がいる。丸荘証券は福の神が逃げて、疫病神が残った。林田勇はその疫病神を見抜くことができなかったから、会社は倒産に追い込まれたのである。

平成九年十二月に丸荘証券は倒産した。それから半年が過ぎたころから、林田勇を被告人とする裁判が始まった。業務上横領罪である。佐竹はこの裁判を傍聴するために東京地方裁判所に出向いた。裁判が始まる少し前に着き、林田勇関係者の控室に入った。そこには林田勇がいた。昭和六十一年二月、丸荘証券の社長室で別れの挨拶をして以来の再会であった。佐竹の顔が見えたとたん、林田勇は佐竹の元に飛んできて、佐竹の手をしっかりと握りしめた。

「佐竹君よく来てくれた」

林田勇の顔は悲壮感に満ちていた。佐竹が会社に残っていたらこのような事態にはならなかったかも、その思いが林田勇の顔から明らかによみ取れた。人の運命は分からない、佐竹が始めた鍵屋の商売はこの時、絶好調の時代を迎えていた。一方、林田勇は刑事裁判の被告人である。十二年の歳月の流れは二人の運命を大きく引き離していた。

さらに時が流れた。佐竹が書いた本『我総理大臣なりせば』は、平成二十六年九月に発行された。さっそく取引先や友人達に配り始めた。その中に高瀬がいた。彼は丸荘証券時代、若手の優秀な営業マンであった。佐竹とはゴルフ仲間である。彼からすぐに電話があった。

「こんな本が書ける人と知りあいというだけで鼻が高いです」

そして、「九月二十日に林田会長（林田勇）に会います。会長に本を渡していいですか」

「いいですよ、すると君の分がなくなるな、もう一冊送る」

そして九月二十日の夜、総務にいた尾崎から電話があった。

「会長は高瀬から佐竹さんの電話番号を聞いていた。四、五日の間に電話があると思う。しかし会長も年ですから、あまり厳しいことは言わないようにしてください」

佐竹が厳しい男であることを尾崎はよく知っている。心配になって注意をしてくれたのであった。

「そんなことは言わないよ」

丸荘証券はすでに消滅しているのだ。林田勇に今更厳しく言ってもせんないことであった。しかし林田勇からの電話はなかった。

林田勇は高瀬から受け取った佐竹の著書『我総理大臣なりせば』を佐竹が丸荘証券の債券部で活躍していた日々を思い返しながら数日をかけて読んだ。そして佐竹という男が、社会に対する大きな構想をもって生きていることを知った。

「こんなしっかりした考えの男が丸荘証券にいたのだ」

逃した魚の大きさに心が震えた。そして自分が置かれている惨めな現状と、丸荘証券を離れてから更に大きく成長していた佐竹に対するギャップに身がすくみ、佐竹に電話をする勇気が出なかった。

高瀬も尾崎も丸荘証券が消滅した後も、何人かで林田勇を囲んだ食事会を作っていたようだ。人は落ちぶれてくると周りの人達は遠ざかり離れていく、その中で彼たちは、決して良い晩年とはいえなかった林田勇を最後まで支えてくれた人達である。頭の下がる思いがする。


この項の最後に、丸荘証券が倒産に至った経緯について少しだけ書いておく。若手社員の中には、なぜ丸荘証券が倒産に追い込まれたのかも知らないでいる人達がたくさんいる。そして取引先や多くの顧客、証券業界に多大な迷惑をかけている。その人達の為にも書き残してやりたい。

インターネットで検索すると「かつて日本に存在した証券会社」とある。二つの大きな要因があって、この会社は倒産に追い込まれた。

大蔵省に秘密裡に作った金融子会社「インターストック」があった。これは丸荘証券で行った信用取引で、評価損を抱えた顧客の避難用に作った会社であった。金融会社でありながら「金銭消費貸借契約書」も交わしていないずさんなものである。バブル崩壊から始まった株価の下落は十年以上に及んだが、契約書もないものが担保権の行使などできるはずがない。株価はどんどん下落していく、顧客からの追加担保は入らない。インターストックが借り入れを行っている銀行からは、毎日のように追加担保の請求に迫られる。そこで岡倉兄弟の行ったことは、顧客から預かっている保護預かり（顧客から管理料を貰って金庫代わりに預かっている証券）の証券を流用することであった。

兄の岡倉清建は常識のある人であった。最初のうちは「相場はそのうちに戻る、一時の流用だ」その考えで弟宏の話に乗ったが、事態は日に日に悪化していった。そして兄の清建は定年を迎え、丸荘証券を去ることになった。しかしこの人は丸荘証券の大株主であった。この株券を一株二千円で売却した。税金を払っても、ひと財産のお金が手元に残った。その中から一億円をインターストックに資本金としてつぎ込んだ。

そして岡倉清建は、インターストックの社長になった。結果この会社は、名実ともに岡倉ファミリーの会社である。それだけに岡倉兄弟にとっては大事な会社であった。

一億円の増資をしても百億の中の一億である。これで事態が改善することはなかった。拡大していく流用の額に、兄の清建は心を病んでいた。ガンを誘発して、あっという間にこの世を去った。かつて岡倉清建が佐竹に言った言葉がある。

「丸荘証券の為なら俺は死ぬことができる」

その言葉どおり彼は丸荘証券の為に命を縮めた。その数年後に、岡倉兄弟の経営政策が会社の命も終わりにした。証券流用の始まりは岡倉兄弟の独断である。社長の林田勇には隠し通して何年も過ぎていた。兄の清健が死んだ後、弟宏は自分の手に負えないことを悟って林田勇に事態を打ち明けた時には、もう手の施しようがないところまで、証券流用の状況は悪化していた。いかなる理由があっても最後に責任を取るのは経営者としての頂点に立つ林田勇である。最後に蓋を開けて見ると、長年にわたって積み上がった金額は百億を超えていた。とうてい丸荘証券の体力で返済できる金額ではない。

この事態は証券業界にとっては大きな痛手となった。この年、山一證券の自主廃業

（実情は自己破産）、三洋証券の倒産と続いたが、丸荘証券の内容は別格であった。即ち顧客の預かり資産に手を付けて、その返済ができなかったのである。これは証券業界の大きな信用失墜につながった。証券業界が今後も社会の信任を受けて、日本の資本市場の発展に尽くしていくためには、この顧客財産の使い込みを帳消しにしなければならなかった。しかし山一證券や三洋証券のように、日銀や大蔵省が丸荘証券の為に動くことはなかった。佐竹が資本増強の入り口を作る時、社長の林田勇を説得した言葉「税金を払っても何かの時に国がみてくれるわけではありません」そのものであった。

そして困ったのは証券業界である。そこでやむなく、寄託証券補償基金を使って顧客への返済を行った。この基金は、証券会社が倒産した時に使用する基金ではない。目的外の使用に異を唱える証券経営者はたくさんいた、しかしその反対を押し切ってこれを実行する以外、証券業界にとっては道がなかったのである。そして基金は、丸荘証券の旧経営陣に対して刑事告発を行い、資金の取戻しを図ったが、基金に資金が戻ってくることはなかった。この事件をきっかけに、投資家保護を目的とした新たな基金（投資者保護基金）が設立されている。丸荘証券の倒産を機に、証券会社の経営に様々な規制が加えられた。その中の一つに現金分別の問題がある（顧客から預かった現金は証券会社自体の現金と区別し、これを営業活動の為に使ってはならない）。これは証券会社の金融収益に大きなマイナス要因となった。

　そしてもう一つの倒産要因は次の様なものである。

　林田勇は経営者として焦っていた。株式市場は長年にわたる下落相場のなか手数料自由化の時代を迎え、株式売買による会社の収益は激減していた。そして証券取引法の重大違反である顧客の証券流用が大蔵省に露見すれば、会社の倒産は免れない。これをなんとしても挽回しなければならなかった。しかし号令をかけても、知恵が出てくる役員もいなければ社員もいない。自分自身が相場をはるしかなかったのである。

　しかし債券に関する知識は全くの素人である。米系の証券会社が作った仕組み債（様々な債券を組み合わせて作った債券で市場の流通性はない）を買った。メキシコ国債を中心にしたジャンク（格落ちの債券）である。この時の林田勇は限度の感覚さえも失っていた。その為に二百億円の大量買い付けをおこなった。丸荘証券の規模からして、明らかに限度を大幅に超えている。しかしこれに異を唱える役員は誰一人いない。この債券がどのようなものか理解できている者さえいなかった。佐竹が丸荘証券を去った後、債券業務に関する人材は育っていなかったのである。これに加えて東南アジア諸国の仕組債を、香港の証券ブローカーから丸荘証券の香港支店経由で買った。この時代東南アジア諸国は、多くの国がドルに対してペッグ制（米ドルに対して連動する）を採っていた。素人が見れば安全商品に見えたのだ。ろくな説明もしないで個人顧客にこれを売っていた。それが後で大きな問題となって、訴訟問題に発展していったのである。

悪い方向に向かった時は、悪いことが重なるものである。世界の金融市場を揺り動かしたアジアの通貨危機に直面した。ペッグ制を採っていた国の通貨は大暴落した。債券もまた同じである。ペッグ性が崩れたことによって、香港の証券ブローカーが倒産した。丸荘証券は売り返す相手（仕組債の場合は買ったところに売り返すしかない）を失ったのである。ジャンク債の怖さを知った時には、もう打つ手はなかった。この大波を受けて、丸荘証券は、なすすべもなく倒産に追い込まれていったのである。そしてまだ追加があった。

倒産の前日、林田勇がとった行動である。岡倉宏が行った証券流用とは別に、顧客の証券を担保に入れて日証金から多額の資金を引き出した。一部を社員に分配し、残りを自分の生活費として懐に入れた。これがのちに横領罪として告発され、佐竹が傍聴した裁判に発展したのである。しかしこの男の心に悪意はない。証券の流用は、岡倉宏が十数年間も毎日のように繰り返し行ってきた行為を、自分がたった一度だけやったのである。そしてお金の持ち出しは、先代が残してくれた家屋敷が田園調布にあった。住宅地としては東京の一等地である。これを担保に入れて個人借り入れを行い、その資金を劣後ローン（返済条件が最後になる借入金で、やや資本金に似た性格を有しその半分を資本金とみなす）として会社に入れ、資本増強を図っていた。会社が終わる前日にその資金を取り返したのである。

しかし日本の法律はそのようになっていない、明らかに犯罪である。劣後ローンは、会社の清算が終わり、資産が残っていれば帰ってくる性質のものである。証券の流用は回数の問題ではない、保護預かり管理料をお客から徴収し、保管管理を委託された物件の流用である。法律違反であることは明らかだ。

被告人となった林田勇は裁判の結果、三年の実刑判決を受けたが、体調不良を理由に収監猶予を受けていた。そして平成二十八年二月、大きな難儀を背負ったまま九十年の人生を終了した。彼の葬儀は秘密裡に近親者だけで行われたが、収監猶予を受けた罪人である。裁判所はこの死亡記事を官報に載せた。結果、林田勇の死亡は証券業界に知れ渡ることとなった。

クラインオートベンソン証券会社の頃

英語のできない男がイギリスの証券会社に就職した。その会社は東京都千代田区丸の内、お堀端に面した国際ビルの八階にあった。帝国劇場のあるビルである。日本の資本市場の開放と同時にイギリス系三社が日本に上陸した。時の総理大臣中曽根康弘、イギリスの首相は鉄の女サッチャーさんである。イギリスが行ったビックバンの時、丸荘証券の十倍規模の証券会社が突然生まれた。まさにビックバンである。丸荘証券が小さな会社であった為に、佐竹は証券業務の全てを理解していた。大蔵省や国税局など役所とのかかわりを始め、経理も財務もできた。そして債券業務にまで知識は広かった。副支店長の勝田は、佐竹の経歴書をヘッドハンターの田中に見せられて一目ぼれした。英語ができないことなど問題ではなかった。

「英語だけしかできない奴はうちにはたくさんいる。しかしそれでは証券会社は成り立たん。佐竹君がうちに来て、英語ができないことで肩身の狭い思いは絶対にさせない、男と男の約束だ。俺は営業畑だったので証券業務は分からない、俺を助けてくれ」

勝田はこの殺し文句で佐竹を口説き落とした。勝田は山一證券の国際営業部出身である。事務方の業務は分からなかった。しかし新しくできた証券会社に何が必要であるかは分かっている。資本金三十億、証券の四号免許（証券の引き受け及び売り出しができる免許）を持ち、東証正会員（東京証券取引所の中で証券の売買に直接参加できる）である。にわか仕立てで集めた社員は、英語ができるだけで、人をまとめることも、組織を作り上げることもできない者ばかりであった。証券のすべてが分かった力のある人材でないと、この会社をまとめることはできない。そこで幅広い知識を持った、押しの強い佐竹は最高の人材であった。


入社したその日から佐竹の苦闘は始まった。顧客勘定の残高も銀行勘定の残高も全く合っていなかった。

「これは会社ではない」

佐竹はそう思った。すべての勘定残高を合わせるだけでも半年の時間がかかった。

毎日会社を出るのは夜の〇時を過ぎていた。社員は大勢いたが、証券事務のできる者はいなかった。丸荘証券の経理時代、佐竹の下で働いていた大吉を連れてきた。そして北海道にいた関谷を呼び戻した。新日本証券の外債課にいた伊藤さんが退職して家にいることを知った。

「この会社に来て私を助けてくれないか」

「佐竹さんの下で働けるのなら、もう一度勤めに出てもいいです」の返事をもらった。そして彼女はこの職場で生涯の伴侶と出会う。この三人の女子社員が入ったことで、事務方の全てがうまく回転するようになってきた。

勝田は約束通り、佐竹に英語が堪能な二人の男子社員をつけた。柴田君は神戸外語大を出ている。佐藤君は、アメリカ留学で帰りにアメリカ人の奥さんを連れて帰って親を驚かせた人物である。この二人が佐竹を助けた。佐竹は二人に仕事も教えた。

勝田、佐竹のコンビは盤石の体制を作り上げ、他の外資系証券会社の注目を集めた。佐竹の元にはあちこちの外資系の連中が教えを乞いに来た。入社して半年後には管理部門をしっかりとまとめ上げていたのだ。

女子社員が多かったが佐竹の評判は良かった。勝田の秘書で、島津マリさんがいた。家紋は丸に十の字、島津家のお嬢さんである。他の女子社員とは明らかに言葉遣いから違った。ビジネスなど縁遠く育っている。時々ヘマをやってくれた。その度に佐竹の出番である。証券会社は株券の預り証を発行する、それには二百円の収入印紙の添付が必要であった。これをいちいちのりで貼るのは面倒である。収入印紙のスタンプマシンを税務署から借りている。このマシンの管理者が島津マリさんであった。これは印紙税の前納が前提である。従って納付額をオーバーして使うとお叱りを受ける。これを何度も繰り返すと始末書を取られる。これに該当した。お使いの人が「これをもって税務署に行くのは嫌だ」と言いだした。即ち始末書を持ってこいと言われているのだ。佐竹の出番である。納付書とマシンをもって麹町税務署に向かった。麹町税務署は、日本で一番税金の徴収額が多い税務署である。ここで働く署員はそれに誇りをもって働いている。佐竹の役人いじめの根性が湧いてきた。

「これをお願いします」

マシンと納付書をカウンターに突き出した。女子署員が出てきて始末書を求めてきた。

「なんで始末書がいるのだ。税金を払いにきて始末書を取られるのか、そんな話はきいたことがないぞ」

佐竹の役人いじめの横車が始まった。

「あなた達は何か勘違いをしいていませんか、カウンターの外側にいる人達は、皆税金を払いたくない人達だ、しかしうちは税金を払う意思があって、すでにオーバーして使っているのだ、それに始末書を持ってこいとはけしからん」

佐竹の見幕に女子署員はタジタジである。カウンターを離れて上司の元に指示を求めた。上司はカウンターの外側で怒鳴っているキチガイに取り合う意思はなかった。これで始末書の問題は消えた。最後に佐竹は「お使いの人は私の指示で動いている。問題があったら私の方に直接電話をください」と、そう言い残して麹町税務署を後にした。こんなキチガイに電話をしたい人は誰もいない。

会社に帰るとマリさんが心配そうに待っていた。

「これでもう問題はなくなった」

「佐竹次長はなんと言ってきたんですか」

「俺だからあいつらに頭を下げるようなことは言わないよ」

こんなこともあった。日銀とのやり取りである。クラインオートベンソン証券は、にわか仕立ての会社であっても、資本金三十億、証券の四号免許を持っている。国債の引き受け師団（プライマリーデーラー）に入る資格があった。その為には日銀に百万円の保証金を差し入れることになっている。その差し入れ日が今日である。マリさんが佐竹に書類を見せたのは三時を過ぎてからであった。預金小切手はもうとることはできない。勝田の所で止まっていたのである。勝田は留守であった。

「こんな書類は勝田さんだけでなく俺にも一目見せておけ」

佐竹はそう言ったが時すでに遅しである。文面を見た。「現金若しくは預金小切手」とある。現金で良いのか、佐竹は日銀が現金の収納ができないことを知らなかった。それが幸いした。

「マリさん、現金が百万円あるか」

「あります」

「それを出せ」

佐竹は、百万円の現金を持って日銀に向かった。現金を出された日銀はビックリした。そこで初めて佐竹は、日銀が現金の収納ができないことを知った。しかし文面には、現金若しくはと書いてある。

「現金若しくは、の場合は現金が先だぞ、現金が間に合わなかったら預金小切手でいいですよ、そういう意味の文章だ」

佐竹は迫った。日銀の連中は、まさか現金を持ってくる人がいるとは夢にも思わなかったのである。しかし文章は明らかに間違っている。思案にくれた。一時間が過ぎても結論は出なかった。佐竹は俺のペースになったと思った。どのように処理するかじっくり見届けてやろう、得意の追い打ちをかけた。

「私の方は朝まででも大丈夫です。ここに布団を持ち込んで寝ますから」

どうしてこのような間違いが生じたのか。佐竹はピンときている。役人は文章が出世の生命線である。参考になるような文章をあちこちから集める癖がある。丸荘証券時代、国税局の税務調査官から「この文章をコピーしてくれませんか」と言われたことがあった。それは佐竹が書いた大蔵省への営業報告書の文章であった。

「この文章は誰が書くのですか」

「これは経理担当役員が書くことになっている。しかしその文章が出来上がるのを待っていたら決算書が期日までに間に合わない。仕方なく私が書いています」

「名文です。参考にしたい」

どこかの文章を引用したことは明らかであった。それがあだとなってこのような事態をまねいているのだ。結論が出たのは五時を過ぎていた。

「明日でいいです」

「明日でいいとはなにごとだ」

佐竹は怒った。

「納付期限は今日だろう」

佐竹は食ってかかった。「明日にしてくれませんか」の言葉を待っていたのである。職員の一人が佐竹の気持ちを感じとった。

「明日中に預金小切手をお持ちください。本日の納付で処理させていただきます」

日銀の連中もさすがに、当方のミスで、とは言わなかった。しかし佐竹もこれで切り上げた。

会社に帰るとマリさんが待っていた。勝田もいた。

「日銀は現金を受け取らないのだ。マリさん大変だったぞ、明日の午前中に必ず預金小切手を日銀に持っていけ」

佐竹にとって大変なことではない。相手のミスに付け込んで粘っただけである。しかしこれは佐竹にしかできないことであった。

このようなことを繰り返しているうちに佐竹の評判は上がっていた。お嬢さん育ちの多い女子社員から見れば、佐竹の存在は、自分が育ってきた過程の中ではお目にかかったことがないキャラクターである。それが次々と豪快に仕事をこなしていく姿を見れば、一種の憧れを持っても不思議ではない。

クラインオートベンソン証券に大蔵省の検査が入った。検査官の名前は黒田といって一人であった。当時、外資系の証券会社で大蔵省の検査を受ける態勢が整っている会社はなかった。すなわち彼らの求める資料をそろえることができなかったからである。

「そんな資料を求められても、うちの会社はシステムがないから必要な資料はそろわない。よその会社はこんな資料ができるのか」

「いいえ、資料はおろか言葉さえ通じません」

大蔵省が求める資料の内容さえ理解できない会社が多かったのである。

「俺は貴方たちが求める資料は分かっている。しかしこの資料の全部を提出することはできない、この資料は手書きでよければ作ってあげる」

「手書きでも結構です。作っていただけますか」

「三日ほど時間を頂くことになる、それでいいですか」

「出来上がったら大蔵省まで届けて頂けますか」

「私は日常の業務がある。届けるのは夕方になりますが何時までいますか」

「七時ごろまでは誰かはいます。私がいなかったら机の上に置いておいてください」

そんなやり取りがあって、検査は半日で終わった。

三日後、佐竹は六時過ぎに大蔵省に行った。東京都千代田区霞が関、大蔵省の地下一階が彼らの事務所であった。

ドアを開けて中に入った。次の瞬間「佐竹さん」の声があちこちから飛んできた。そこには佐竹が丸荘証券時代いじめた連中がたくさんいた。顔は覚えているが、名前など佐竹はすっかり忘れている。しかしいじめられた方は決して忘れることのできない名前である。黒田はいなかった。

「黒田さんの机はどこですか」

書類を黒田の机の上に置いてから彼らとしばらく話した。

「今黒田さんに検査に入られてギュウギュウいじめられています。可哀そうだと思うでしょう」

「可哀そうだとは思はない。第一佐竹さんがいじめられるはずがない、うちの若い連中にいろいろ教えてやってくださいよ」

こんなやり取りをしてから、佐竹は新橋駅近くのディスコに向かった。

当時ディスコが流行った時代である。女子社員が中心の二十人ぐらいの集団で、他の部署の人達もいた。「佐竹次長、必ずきてくださいよ」と言われていた。

「うちの連中が来ている。呼び出してくれませんか」

「この騒音の中、呼び出しはとても無理です。中に入って探してください」

佐竹は言われるままに中に入った。二十人の集団である、すぐに見つかった。そのまま居座って皆と楽しんだ。

そして翌日出社すると「佐竹次長は入場料を払わないで堂々として入って来た」この話題で会社の中は大騒ぎになっていた。佐竹は悪意を持って特別なことをしたわけではない。店の人に言われるままに行動しただけである。しかしお嬢さん育ちの女性群から見れば、佐竹のとった行動は、常識はずれの憧れに似た話題性を含んだ行動であったようだ。

佐竹は男女の区別なく、口が悪くずけずけとした物言いをする男である。しかしその行動力と歯切れの良い仕事ぶりは、女心の中でいつの間にか頼れる男性像に変わっていたのかもしれない。管理部の女子社員を介して、他の部署の女子社員から時々ランチの申し込みを受けるようになっていた。聞かされる話は、上司への不満と若い女性特有の人生相談であった。


大阪証券代行の堀江さんとの付き合いもあった。クラインオートベンソン証券は証券受け渡し業務をこの会社に委託していた。彼は東京銀行を定年退職し、大阪証券代行の役員として在籍していた。社内にいても仕事をするわけではなく退屈である。

「佐竹のところへ行って話でもするか」

そのような気楽な気持ちで時々佐竹を訪ねていた。佐竹の会社に来ても、彼は応接室に通ることはなかった。応接室だと佐竹が仕事の手を休めることになる。

「佐竹さんの仕事の邪魔をしては申し訳がない。佐竹さんの机のそばでいい」

佐竹の秘書の宇都宮さんが椅子とお茶を用意してくれた。彼女は別府温泉の旅館の娘として生まれただけあって、このような気配りが立派にできる女性であった。


しかしある日突然佐竹の首が折れた。疲労が生んだ頸椎損傷である。一か月入院したが、全快することはなかった。首から左腕にかけて痛みを感じながら会社に出た。会社は人数も増え、商売も広がっていた。バブルに向かって株価が上がっていたのである。日本株の売買が盛んになっていた。イギリス本社の売買も膨らんでいた。しかし困った事が起きていた。株を売っても株券が出てこないのである。イギリス人は日本の受け渡し制度を理解していなかった。日本は売買の約束の日から四日目が、お金と株券の交換をする取り決めである。これは明治時代から古く、長く根付いた日本の制度である（佐竹の著書『我総理大臣なりせば』を参照）。株券は日本の銀行のどこかにある。しかし出庫の指示書であるテレックスが入ってこない、当時インターネットもメールも無かった。

「出庫指示書はどうした」

テレックスを打つと「彼はバカンスだ」と返事がくる。この場合、売った株券の金額に見合う保証金を取引所に積むことになっている。DB料といった。この金額が毎日積み上がっていた。一日の資金移動は、一千億を超える日もある。佐竹はゴルフでOBを打つ男であったが、ここでのOBは許されない、佐竹は資金調達をしなければならなくなった。取引銀行は三菱銀行本店、三和銀行日本橋支店、三井銀行本店、東京銀行本店、太陽神戸銀行丸の内支店などである。このすべての銀行にアプローチをかけた。ここで生きたのが、城北三菱電機商品販売で近江さんに教わった銀行折衝の話術と駆け引きであった。十数年前に教わったものがここで生きたのだ。バブル期で、銀行は貸先を探していた時代である。しかし何処にでも誰にでも貸したわけではなかった。佐竹は言葉巧みにこの銀行達との折衝を行った。

「ロンドンの保証はとれますか」

「それは無理です。ロンドンは金が必要ならばこちらから送る、東京でファイナンスはするなと言っている」

ロンドンはそんなことを言っていない。日本で為替予約をした資金まで、東京支店が面倒をみなければならない状態であった。第一英語もできない男がロンドンと話せるわけがなかった。しかし銀行はこの佐竹の言葉を信用した。三井銀行本店が最初に実行してくれた。五十億無担保である（銀行はお金を貸すときは必ず担保をとる。相当信頼できる特別なところでないと無担保融資はしない）。

「三井銀行さんが五十億を実行してくれました。とりあえずこれで十分です」

他の銀行をけしかけた。銀行にとっては堪らない一言である。後は三和銀行日本橋支店五十億、三菱銀行本店五十億、太陽神戸銀行丸の内支店二十億、佐竹の術中に次々とはまった。東京銀行本店は株券の預託銀行であったので、最初から三十億の設定があった。しかし佐竹が資金を担当してからは、枠などないに等しい借り入れができ、七十億を超えたときもあった。

「佐竹さんの所はいくらでもいいと宇田川から言われています」

担当の女子社員の口上であった。宇田川は彼女の上司である。インパクトローンが流行った時代である。東京銀行は為替管理法があった頃、為替の専門銀行で、ここのレートは安かった。

こうして佐竹は二百億以上の無担保借り入れの枠を作った。この借入枠は、佐竹と銀行の担当者との口約束で、契約書などどこの銀行とも交わしていない。銀行は、佐竹に貸しているのか会社に貸しているかわからない状態の契約であった。これが分かる時が二年後にくる。この契約内容を、佐竹は勝田にも明かしていなかった。それは佐竹以外に、この会社でこれだけの資金のやりくりができる者はいなかったからである。

こうした銀行との付き合いのなかで、佐竹にとって辛いことがあった。「学校はどちらですか」と聞かれることが度々あったのだ。銀行の人達は、佐竹の歯切れの良い仕事ぶりから見て、早稲田か一ツ橋を出ているに違いない、そういう期待感があったのかもしれない。

「名もない田舎の学校ですよ」

佐竹に学校などない。


太陽神戸銀行丸の内支店は、若手行員が担当者であった。佐竹は有価証券取引税の納付書に小切手を添えて彼に預けた。その額は億を超えていた。

「これは何の税金ですか」

「有価証券取引税と言って、証券の売買に伴って掛かってくる税金です。日本橋界隈の銀行は、月末になると証券会社はこの税金を払うことを知っている。しかし丸の内界隈の銀行は、証券会社が少ないのでそのような税金があることを知らない。外資系証券会社を回って集めれば結構集まると思うよ」

そのようにアドバイスをした。銀行は税金を集めてくると、預金残高として四、五日残る。これは国の計らいでそのようになっている。

それから数日が経った。支店長が突然佐竹の元にやってきた。

「うちの行員の教育までしていただいて、お礼の申しようもありません」という。

「なんのことでしょうか」

「彼はおとなしい男で、堂々とした物言いをする男ではありません。しかし朝礼で、この有価証券取引税のことを持ち出して、皆に集めてくるように堂々と進言したので驚きました。この朝礼の時の彼は一回り大きく見えました。朝礼が終わってから、彼を支店長室に呼んで、どこでそんな情報を手に入れたのか聞きただすと、クラインオートベンソン証券の佐竹次長に聞きましたと言う。それで今日お礼に伺いました」

佐竹は、若手行員の教育をする為に情報を与えたわけではなかったが、結果的に一人の若者の自信につながったことはうれしいことであった。そして彼はロンドンへ行った。たぶん支店長の計らいであったと思う。「お土産です」と言って佐竹はイギリス製の皮のベルトを貰った。


ＮＴＴ株式の最後の売り出しの時である。顧客の払込金が二百億円集まった。幹事証券の野村證券に支払うまでには二日間あった。その資金を二つに分けて、百億ずつ三和銀行日本橋支店と太陽神戸銀行丸の内支店に預けた。

三和銀行の行員は「桁が大きくて預かり伝票が書けません。二枚になってもいいですか」と、五十億ずつ二枚の伝票を書いていった。そして夕方支店長から電話があった。三和銀行といえども、外交行員が持ち帰るには大きすぎる金額であった。

そして太陽神戸銀行丸の内支店は支店長が飛んできた。三菱銀行本店に預けてもたいして目立つ金額ではない。三菱銀行本店は、日本の銀行店舗の中でも一番資金量が多い銀行であるからだ。しかし太陽神戸銀行丸の内支店は、三菱銀行本店の十分の一もない。そのような銀行に百億を預ければ、その金額は目立つ、そしてその効果のほどを佐竹は知っている。

債券のトレーダー（株式や債券など自己売買を行う人で成果主義、当時一億円プレイヤーもいた）から相談がきた。

「月末百六十億円の国債の持ちができませんか」

「持ってもいいが先はつないであるのだろうな（売却してあること）。俺は相場を見ていない。損をするなよ」

「大丈夫です」

「直利はいくらに回るのだ」

（債券利回りの表示は、応募者利回り、最終利回り、直接利回りの三通りある。短期所有の場合は直接利回りである）

「五・六％はとれています」

「分かった、俺が四％台の資金を手当てすればいいのだな」

佐竹は四・五％で資金を調達した。結果一・一％の利ザヤが取れる。一か月持てば百四十万円の利益が上がる。これが証券会社の商売である。これは、債券のトレーダーと資金担当者の息が合っていなければできない商売である。佐竹は債券の知識があり二百億円の借入枠を作っていた為にこのトレーダーの商売を生かしてやることができた。しかしこの後、佐竹が会社を去ってからはこの商売はできなくなった。そしてこのトレーダーは佐竹が会社を辞めてから一年半後に佐竹の元にやってきた。

「お金を貸してくれ」と言った。クラインオートベンソン証券を首になって次に行く先がなかったのである。この頃すでにバブル崩壊は始まっていた。「住民税が払えない」と言った。所得税はその時の給与から引かれている。しかし住民税は一年遅れである。失業すればたちまち払えなくなる。しかも前年度の所得は高給取りであった。

佐竹は返ってくる当てもない金を十万円彼に渡した。これがトレーダーの厳しい世界だ。高給取りであっても職場を失えば食い詰め浪人の世界が待っている。バブル崩壊の後、この境遇の人達がたくさん生まれた。

こういう事があった。ブラックマンデーの時である。アメリカの株価は暴落した。

「佐竹さん、米系の証券会社がしきりに金を貸してくれと言ってくる、どういうことでしょうか」

銀行の連中が聞いてきた。

「アメリカの証券決済は月二回です。ファンドのお客は売ったお金を店頭に取りにくる。このつなぎ資金が必要なのでは」

佐竹の憶測である。銀行はこれを信用した。クラインオートベンソンに行けば情報がある。銀行間に一斉に広がった。

「佐竹さん、ランチをしませんか」

三菱銀行本店井上さんからであった。担当者は持田製薬社長の息子で持田さんである。井上は彼の上司であった。丸の内の三菱銀行本店の二十七階にホテルオークラが入っていた。月に二、三回この招待があった。暮れになると三井銀行本店に呼ばれた。NHK交響楽団を呼んで本店の一階で演奏した。招待客は、大きく吹き抜けになっている三階でその演奏を聴いた。

三和銀行日本橋支店は支店長が役員であった。大手町にある東京本部での食事に招待された。この時は前もって次長から「肉と魚のどちらがいいですか」と電話があった。そして支店長の車で目と鼻の先の丸の内まで迎えに来た。

太陽神戸銀行丸の内支店は、支店長に時々ゴルフに誘われた。多摩カントリーであった。

佐竹の元には、盆暮れの付け届けがあちこちから届いた。クリスマスの日にはシチメンチョウの丸焼きが届いた。シティーバンクである。妻の可寿は「田舎から出てきて貴方と一緒になって、こんな生活ができるとは思わなかった」といった。

佐竹が入社して三年目を迎えていた。副支店長の勝田は「佐竹君がいるからうちの会社はうまくいっている」と、イギリス人の支店長子爵トレンチャードにいつも進言していた。その為に佐竹の年収は二千万になっていた。

しかし、このような状態は長く続くものではない。どこの会社にも疫病神がいる。この時、会社は投資顧問会社を作った。投資顧問会社が流行った時代である。勝田はこの新しくできた会社の社長になった。その代わりに佐竹の上司となったのが、支店長付きであった無駄飯食いの斉賀であった。この男は富士銀行の海外支店を転々とした男で、国内に帰っても元の富士銀行には戻れない男である。海外支店といっても、為替管理法があった時代で、銀行の海外活動は無いに等しい時代である。ただの連絡係だ。しかし英語は堪能であった。英語ができれば、イギリス人は皆優秀な人間に見える。斉賀も例外ではなかった。この男の知能指数は、佐竹からみれば幼稚園児よりもっと下のレベルであった。

「銀行と証券会社は違います」

佐竹が何度言っても理解できなかった。

その時、システムの自社開発の問題が持ち上り、斉賀は佐竹の反対を押し切って三洋証券に決めた。それは三洋証券から来た藤蔵がいたからである。システム担当であったが、証券業務については全く無知で、佐竹から見ればレベルの低い部類である。そして津田がいた。監査の部署であったが、業務のわからない者が監査などできるわけがない。同じような、証券業務の分からない三人で決めていた。肝心の三洋証券からきたエンジニアがまた若くて無知であった。証券業務は銀行業務の百倍ぐらい複雑にできている。しかも外資系の証券会社は為替を加味しなければならない、その複雑さは倍増される。野村証券でさえこの時代、海外取引のできるシステム開発はできていなかった。こんなに無知な人間が揃っていて、どうして外資系証券会社のシステム開発ができるのか、佐竹は丸荘証券時代、自社開発の難しさが分かっていた（丸荘証券は日本ＩＢＭと組んで多額の費用をつぎ込み、自社開発に二十年かけて取り組んだが完全なシステム開発はできないまま会社が終わった）。こいつらは本当のバカ集団だと思った。

「こんな状態ではシステム開発は無理です。私はこの会社にきて体を悪くしている。これ以上無理はしたくない」と突っぱねた。斎賀は「佐竹は仕事をしないとんでもないやつだ」と支店長へ進言した。喧嘩が好きな佐竹であったが、こんな低レベルの人間を相手にするのが嫌になった。

「佐竹君が仕事をしないなら席をあけてくれ」

「はい、わかりました、どこに行けばいいですか」

総務付きになった。仕事は何もしないことにした。ここで佐竹は確かめたいことがあったのだ。銀行の動きである。誰にお金を貸していたのか見極めようと思った。

佐竹が資金担当を外れた会社に銀行は金を貸さなかった。証券会社にとって、資金が回らくなればその行き先は誰にでも想像できる。当時外資系のほとんどは、自己売買が中心で収益を上げていた。グループを組んだトレーダー達が外資系を渡り歩いていた時代である。資金が使えなくなって稼ぐことができなくなった会社に、彼らはいつまでもいるはずがない。どこかへ去っていくことは明らかであった。

この会社に限らず、当時外資系のほとんどは日本人で、英語ができることだけで高給をとり、仕事のできない人たちに食い物にされていた。クラインオートベンソン証券と同時に日本に上陸したイギリス系証券会社で、ＳＧウオーバークという会社があった。しかしこの会社は、早々に店じまいをして東京市場から姿を消した。それは勝田や佐竹のような人材に巡り合うことができなかったからである。斉賀や津田の様な人達に食い物にされて、東京市場に根を下ろすことができなかったのだ。

幸いにもクラインオートベンソン証券は、勝田と佐竹を人材として獲得し、一度は東京市場に根を下ろすことができた。しかし何もわからない支店長、子爵トレンチャードは斉賀の意見を重視し、佐竹を疎かにした。トレンチャードが頼りにした斉賀や津田は証券会社の経験がなく、証券会社がどのようなものかさえ理解できていなかった。従って佐竹がどのような仕事をしていたのか、会社にとって佐竹の存在がどれだけ重要なものか、理解する能力を持っていなかった。勝田と佐竹が三年がかりで作り上げた会社である、にわか造りの会社に組織などない。二人が持っていた人脈と力だけで経営が保たれていたのである。その二人を失ったことで全ての終わりを意味していた。

「会社の行く末がどうなろうと俺の知ったことか、会社は俺を要らないといっているのだ」

佐竹は根性の悪い男である。そういう気持ちになった。これを確かめてから佐竹は辞表を出した。勝田が声をかけてくれた。

「どこか行先を探そうか」

「いいえ、どこへ行っても同じです。自分で何かやります。勝田さんのおかげで良い夢を一時見ることができました」

佐竹はサラリーマンの頂点を極めたと思った。丸荘証券に百年いても味わうことができないサラリーマン人生を味わった。そして俺にしかできないような立派な仕事もできたと自負している。佐竹がいなくなれば、資本金三十億の会社がたちまち経営不振に陥るのだ。首になって辞めていく者の誇りである。一流大学を優秀な成績で卒業してサラリーマンになった人はたくさんいる。しかしここまでサラリーマン人生を極めることができる者は、そんなにいないはずである。無学無門の田舎育ちの男がよくここまできたと思う満足感もあった。同時に「俺はサラリーマンになる為に東京に出てきたわけではなかった。もしかして人生の道草を食ってしまったのか」そのような思いもあった。平成元年、四十九歳での脱サラである。

その後この会社は、システムの完成を見ることなく、福の神が去った三年後にロンドンの本社ごと売却して会社は消滅した。そして皮肉なことに、このシステム開発を請け負った三洋証券も、この後、日本の資本市場から姿を消す運命を背負っていた。

日本人と違って欧米の経営者は、最後の処理を心得ている。自分が経営者の資格がないと悟った時、会社ごと売却して、投下資本の回収をはかることを知っている。M

＆Ａである。彼らは百年以上も前から、世界の国をまたにかけ商売をしてきた実績を持っている。己の力を計り知った時、経営者として最後に何をすべきかを心得ているのである。日本企業の倒産、丸荘証券と比較するとその違いが良く分かる。この時、サッチャー政権が行ったビックバンは、世界の金融市場に良い意味の衝撃を与えた。この改革によってシティーは活気を取り戻し、世界の金融市場が一挙にグローバル化されていくことになったが、皮肉なことに自国、イギリスの証券会社の多くは、シティーから姿を消すことになった。

クラインオートベンソン証券も例外ではなかった。東京支店の支店長はイギリスの子爵である。貴族はビジネスマンではない。佐竹がこの会社でつい漏らした言葉がある。

「日本はこいつらと戦争をして、どうして負けたのか合点がいかない」

そばにいた山一證券から来た鶴野がおちをつけてくれた。

「佐竹次長、日本はイギリスに負けたわけではないですよ。アメリカの物量作戦に負けたのです」

この言葉に象徴されるように、彼ら貴族はビジネスには不向きであった。

「鍵屋編」

鍵屋になったいきさつ

クラインオートベンソン証券で、佐竹は最後の給与が二千万円になっていた。

「よし、俺は自分の力で二千万円を稼ぎ出してやる」

その意気込みで独立して株の売買を始めた。クラインオートベンソン証券を退職した時には、すでに法人を立ち上げ、その定款にも有価証券の売買とうたっている。少年時代からギューちゃんに憧れて、その為に上京し苦労を重ね努力もしてきた。夢を叶えた瞬間であった。

しかし世の中は佐竹の思いとは反対の方向に動き始めていた。証券会社の社員は株の売買は禁じられている。その代わりに佐竹は不動産に投資し、節税対策と財テクを行っていた。バブルがはじけたことに気が付いた佐竹は、これを素早く売却し、その資金が一億円近くあった。これを元手にギューちゃんになったが、結果は完全に失敗であった。証券会社に勤務し証券業務には詳しかったが、佐竹が勤務した部署は、経理や財務、債券部と、株式相場には直接関係していない部署ばかりであった。その為に株式相場の勉強はしていなかったのである。勉強不足であった。

佐竹が売りの技法を学び取ったのは、財産のほとんどを失い、株式の売買から撤退を余儀なくされた頃であった。時すでに遅しである。現在持っている空売りの技法をその時代にもっていたなら、佐竹は億単位の利益を上げていたに違いない。もう二度とあのような売りのチャンスはこないかもしれない。いやそうとは言えまい、全世界に金融緩和を作り上げ、国策を弄して吊り上げた株価である。その下落もまた大きくなることは十分にありうる。そのチャンスまで佐竹が生きていられるかどうか。その時まで生きることができれば、ギューちゃんの復活もあるかもしれない。

しかし借金はそれまで待ってはくれない。この五千万円を払うために鍵屋になったのである。世の中は良くできている。節税対策や不労所得で一億儲かったかと思えば、それに輪をかけて損をする。これを取り返すためにまた働く、これが人間の性であり、世の中の仕組みである。

鍵屋の商売は物売りと違って技術を伴う仕事である。この技術を習得するために三百万円を払ってＫＯＤという鍵屋に教わりに行った。しかしそこは鍵屋ではなく詐欺師の館であった。鍵屋の技術など全くない、テレビに出て嘘八百を並べたてていた。

ここでまた喧嘩になった。しかし払った三百万は返してもらえなかった。

佐竹には運が付いている、心配はない。井上満夫という相棒に巡り合った。井上は佐竹より四歳年上の昭和十年生まれであった。

「ＫＯＤは駄目だけどカギの仕事はあるよ」

この一言で佐竹は救われた。相棒となる井上は、佐竹と入れ違いに詐欺師の館を出て独立していたのである。彼は埼玉県越谷市に住んでおり、「越谷ロック」と命名していた。

佐竹もすぐに独立した。平成四年三月二十七日、五十二歳の時で、「佐竹鍵店」を屋号とした。

そして二人で技術開発や商売の手立てを考えた。井上は若い時、丁稚奉公からたたき上げた商売人であった。佐竹は頭の切れる努力家である。この二人の取り合わせは実に上手く行った。商売を始めてから十二年ぐらいは毎年売り上げが伸びていった。

佐竹も井上も、人に使われるのも、人を使うのも嫌な男であった。従って一人である。

「今日は一日忙しかったけど、稼ぎは十万円にしかならなかった」

井上からの電話であった。

「お前、そんな事を人前でいうなよ、ぶたれるぞ」

一日五十万円になった日もあった。世の中はバブル崩壊から不況になり、みんなの給与は減っていった時代である。二人の商売は絶好調であった。それは中国から大挙して泥棒が押し寄せてきたからである。日本は鍵をかける文化がなかった国だ。不正手段により、日本から中国に移動した個人資産は何兆円になったか分からない。佐竹はこのおかげで七年の間に、七千五百万円の借金を返すことができた。

しかしその道のりは、出だしから大変なものであった。独立して最初の難関は、まず材料の仕入れであった。ＫＯＤを卒業して独立した者に、材料を売ってくれる問屋はなかったのである。ＫＯＤの社長は鵜飼といった。この男は詐欺師だけあって、いろいろと細かく悪知恵のはたらく男である。ＫＯＤを卒業して独立した者は、カギ材料の仕入れはＫＯＤから仕入れる取り決めであった。それは二十％の利益を加算して売る為だ。現在は大きなホームセンターに行けば、たいていの材料は売っている。しかしその時代、ホームセンターはなかった。カギ材料の問屋は限られた数軒であったのだ。ここに全て手をまわして、ＫＯＤの卒業者にはカギ材料を売らない約束を取り付けていたのでである。ところがこの男は、常に金欠病を患っていた。病気は重症だった。金がないのである。従って問屋に多額の不払いがあった。問屋は金を払ってこないところに品物を出さない。その為に佐竹達は、材料の仕入れができなかったのである。

この仕組みに佐竹は腹が立った。早速、日本ロックサービスに出向いた。この会社は、佐竹の住んでいる東京都板橋区にあった。日本で一番大きなカギ材料の問屋である。社長は二上さんといった。もちろんＫＯＤの仕入れ先である。社長の息子と本田部長を相手に喧嘩を売った。

「あんた達は商売をやる気があるのか、金も払ってこないやつとの約束など守る必要はないだろう、俺に品物を売ってくれ」

「それはできない」

「なぜだ、だったら四、五百万ＫＯＤに品物を入れてくれ、そうすれば俺達に品物が回ってくる」

「ＫＯＤは何か月も売掛代金が入っていない、これ以上品物を入れることはできない」

鵜飼という男は、他人のミスに付け込んでいろいろと難癖をつけてくる、そこに付け込まれて問題になることを、日本ロックサービスは恐れていたのである。しかし佐竹は引き下がらなかった。

「何か方法はあるだろう。俺はオーロラクリエイトという会社を持っている。この会社名で取引をすれば、もし見つかっても、佐竹鍵店とは知らなかった。と、とぼけることができるだろう」

これで話はまとまった。オーロラクリエイトは株式相場で大損をして五千万円の赤字を抱えた会社であった。鍵屋の商売は利益率の高い商売である。この赤字が消えるまで佐竹は会社組織を保っていた。佐竹鍵店は屋号だ。仕入れも売り上げも税務申告も社会保険も、オーロラクリエイトを使って商売をした。相棒の井上の仕入れもこのオーロラクリエイトの仕入れで行った。これで材料の問題は解決した。


今度はKODとの関係である。契約上はKOD傘下の鍵屋である。従って仕入れも仕事の地区割りも制約されている。この関係を断ち切っておかないと、後にしこりを残すことになる。佐竹は鵜飼の根性をよく知っている。商売が軌道に乗った頃、イチャモンをつけてくることは明らかである。鵜飼は悪であるが、重い持病の金欠病がある為に、あちこちに欠点をさらけ出していた。佐竹は日本のビジネス界のトップを走ってきた男である。彼の欠点を箇条書きにして、内容証明の文面を作り上げげた。その項目内容は十九項目に及んだ。そして鵜飼と、膝詰め談判で契約違反だと迫った。ここで佐竹の文章力が生きたのである。法律用語が随所に入った佐竹の文面を見て鵜飼は、佐竹のうしろには弁護士が付いたと勘違いをしてうろたえた。

「この答えはすぐには出せない、半月ほど時間が欲しい」

「半月待ちましょう」

佐竹はそれで切り上げた。この時、佐竹の周りには同じ被害を受けた十二人が集まった。もちろんその中に井上もいた。

そして半月後、正式の内容証明が佐竹のもとに届いた。鵜飼はあっさりと白旗を上げた。お金は返ってくるはずもなかったが、カギを切る機械は自分の物になった。そしてKODとの関係は今後一切なくなった。佐竹はこれで十分だった。中には裁判をやろうと息巻いた奴もいたが、佐竹は取り合わなかった。

「裁判に勝っても金の無いやつから金はとれない、時間と裁判費用の無駄だ」

それよりも佐竹は、一日も早く鍵屋の商売を軌道に乗せて、借金を返済しなければならなかったのである。

佐竹の口利きで、十二人が堂々と日本ロックサービスに仕入れの口座を設けることができた。これを餞別として、付いてくる皆を振り切った。足手まといになる奴らの面倒をみるほど佐竹には余裕がなかったのである。井上と二人で営業活動と技術開発に取り組んだ。佐竹のおかげで、日本ロックサービスも長年積もった売掛金が一挙に解決した。鵜飼は何かあると、他人に訴えるぞと脅かす男である。佐竹と日本ロックサービスが組んで、自分が訴えられるかもしれない。そのような妄想にかられたのである。町金から金を借りて、日本ロックサービスへの不払金を清算したのであった。

それから何年かが過ぎた。鵜飼の鍵屋としての最後は惨めな状態で幕を閉じることになる。町金からの取り立ては熾烈を極め、住居として借りていたマンションのドアはボコボコになっていた。金欠病で苦労をかけた奥さんとも離婚し、鍵屋の業界で彼の名前を聞くことはなくなった。

人生の谷底と借金払いの歳月

好調を続けてきた佐竹の人生が狂い始めた。日本の株式が頂点をつけ、バブル崩壊の始まりである。株式だけではない。不動産は株式よりもっと始末が悪い、買い手がなくなれば値段が付かなくなるからである。しかしそのことに国民のだれもが気づいていない。佐竹も同じである。この後、銀行が倒産する時代を迎えることになるが、そのことに銀行達本人さえ気が付いていない。悪い時代に向かって歴史は流れていた。

佐竹はクラインオートベンソン証券会社を退職した時、すでに自分の会社「㈱オーロラクリエイト」を立ち上げていた（鍵屋になったいきさつを参照）。全く抜け目のない男である。一方サラリーマン時代に三億円の借金もあった。個人の借金にしては多すぎる額である。これがバブル崩壊に向かって心配事となった。丸荘証券時代、六世帯土地付きアパートを一軒所有していた。節税対策である。家賃と源泉税の還付で借金が払える計算であった。そしてクラインオートベンソン証券会社に換わってから、もう一軒十二世帯を買っていた。所得が上がったからである。そしてゴルフの会員権などにお金をつぎ込んでいた。バブル崩壊に向かったことに気が付いた佐竹は、不動産関係の物は早く処分しておかないと、値段が下がり始めると買う人はいなくなる。素早く二棟のアパートを売りに出した。

「売りに出すんですか」

「いくらで売れそうですか」

「九千万円ぐらいだと思います」

佐竹は九千万円で売却依頼をした。一週間が過ぎても売れたという連絡は入らない。佐竹は急いでいる。それは、皆がバブル崩壊に気が付かないうちに売却しなければならないからである。

「八千五百万円なら買い手がありますが」

「それでいい、すぐに売却してください」

「本当に八千五百万円でいいですか」

不動産屋は、もう少し時間を掛ければ九千万円で売れると思っている。佐竹は逆である。早く売らないと八千五百万円で売れなくなる心配がある。八千五百万円で売却した。この物件は、六年前に四千五百万円で買って、六年間減価償却をしてきた物件である。利益は五千万円近く出ることになった。

売却したお金は貰ったが、すぐに転売する目的で買った相手の人は、名義変更ができなかった。従ってそのまま佐竹の名義である。その理由は、佐竹の予想通り不動産の急激な値下がりが始まったからである。この物件の名義変更が行われたのは二年が経ってからであった。その間に価格は、佐竹が最初に買った値段に近くなっていた。人生はどこで得をするか分からない。このおかげで佐竹は払う税金が少なくなった。

もう一棟は、一億四千万円で売却できた。これは三年前に一億一千万円で買っていた物件である。

ゴルフの会員権もあり、茨木県の取手国際を持っていた。最高値は五千万円までいったが、佐竹が売った時には三千五百万円になっていた。これも購入価額は千七百万円である。佐竹にとっては上出来の売却であった。

そしてもう一つ、ノーザンカントリーがあった。尾崎将司が所属していた日東興業のゴルフ場である。七百万円で買っていた。ここは過去に三回売買を行って、これが最後の売却であった。千二百万円で売れた。現在はただの一万円である。

これで佐竹が所有していた不動産関係の物はなくなったはずであるが、一つだけ残った。それは、栃木県宇都宮にある鶴カントリーであった。新発ではなかったが、名義変更ができないコースなのだ。仕方なく償還期限まで持つことになったが、この償還でまた大変な問題が起きた。後で解説する。

これで借金の方も大部分は返済したが、自宅を担保にしていた五千万円だけ残して、株の売買を続けた。これが人生の谷底に落ちる入り口となったのである。

クラインオートベンソン証券を退職してから株式の売買で飯を食うはずであった。少年時代から憧れていたギューちゃんである。最初のうちは上手く行っていた。しかし、皆が気が付かないうちにバブル崩壊はすでに始まっていた。下落した株価は段々と戻りが悪くなっていたのである。そして佐竹がバブルの崩壊だと気が付いた時には、すでに株価は大幅に下落していた。そして評価損を抱えるようになっていたのだ。損切をする度に財産は減っていった。株価チャートも、現在の様なものはない。現在インターネット売買ができる証券会社は、株価チャートをオープンにしている。パソコンで株価の方向性を確かめることができるようになっているが、当時はそのようなものはなかった。特に日本の投資家のほとんどは、株価は値上がりしかないものだと考えていた。値下がりした株価もいずれ戻ってくる。相場の世界で半値、八掛け、二割引き、という言葉がある。これだけ下がれば、どんなに値下がりした株価でも底をうつ。そのような意味に使われる。しかしこの時の値下がりは、そんなものでは底値は入らなかった。佐竹が始めた鍵屋の商売が軌道に乗った後も、まだ日本の株価は下落していた。そして、底値を確認した時には十分の一になっている銘柄はたくさんあった。、九百八十四円の高値を付けた新日鉄の株価は、最後百円を大きく割り込んで、額面近くまで下落を続けた。すべての人の経済見通しや株価の行方は外れていった。

このような状況に危機感を感じ、佐竹が人生の舵を切り替える気持ちになった時には、すでに三年の歳月が流れ、佐竹は破産状態に追い込まれていた。すべてを清算したが、自宅を担保にした借入金五千万円は残った。この借入金は、太陽神戸銀行板橋支店で借りていた。貸し付けの担当窓口に高橋周治さんがいた。

「借金が返せない、担保の自宅を取ってくれ」

佐竹はすべてを清算して、アパート住まいから生活を再出発するつもりであった。

「家は取らない、借金をきちんと返してください。その代わり私も本部と掛け合って、佐竹さんが払いやすいように返済計画を作ります」

そして彼はこのように付け加えてくれた。

「自分の家を持っているのとアパート生活では、娘さんの就職にも影響しますよ」

丁度その頃、長女雅誉の就職時期を控えていた。彼のこの助言がなかったら、佐竹は本当に無一文で人生の脱落者になっていたかもしれない。

大阪から友田が来た。タクシー運転手の頃からの友人であった。佐竹に説教をする為に来たのだ、そして生田洋二がいた。この男は戦後両親と早くに死別し孤児院で育っていた。その為に皮肉めいたところがあって、人にあまり好かれない人物であった。タクシー会社時代も事務方の女子社員に「佐竹さんが生田さんと付き合っているがわからない」と言われていた。しかし彼は佐竹を慕っていた。年は生田の方が三つ上である。変人であったが素直なところもあった。特に佐竹の前では別人のようにふるまった。

そのころ生田は個人タクシーに乗っていた。生田から佐竹の様子を知らされた友田は、心配になって大阪からやって来たのである。彼はタクシー会社を辞めてから、大阪高槻市で焼き肉屋を営んでいた。友田は佐竹より年は一つ下であったが、年など関係なく付き合える三人の間柄であった。

友田と生田、二人の佐竹に対する説教が始まった。

「お前の生き方には傲慢さが見える。世の中には俺より偉い人間はいないと思っているのだろう、だから失敗したのだ」

開口一番友田の説教であった。

「天狗になっているお前をみて、世間がその鼻をへし折ったのだ」とも言った。落ち込んでいる佐竹に対して、さらに追い打ちをかけた説教であった。佐竹は何を言われても、ただじっと聞くしかなかった。しかし有難かった。佐竹がタクシーに乗っていたのは二十年も前である。しかも今は、お互いが離れたところで生活し、日々の付き合いは全くない。その友達が、自分の商売を休んでまで心配してきてくれたのだ。佐竹は涙が出るほどうれしかった。そしてこの友達と、今日のことを笑って話せる生活を取り戻さなければならないと心に誓った。

佐竹は、これから借金を返すためには何をすればよいのか模索を始めた。

(俺もしばらく遊んで人生を過ごした。その結果は何もかも失ってゼロになった。いやゼロではない、大きな負債を抱えてマイナスの人生になっている)

今まで佐竹は転々と職場を換えてきた。しかしそれにはキチンとした計画があり、その計画通りの人生を進めてきている。しかし今回は全く違う、大きな負債を抱えたまま、ただ途方に暮れているだけである。これではいかん。しかしサラリーマンに戻る気はなかった。サラリーマンではこの借金はとうてい返すことができない額である。土方をやるには少し歳を取りすぎていて、体力に自信がなかった。あれこれ考えて月日だけが過ぎている。

そして目に留まったのがKODの広告であった。「新しい産業キービジネス」などと、詐欺師らしい人を引き付けるうたい文句を作っていた。そして民放のテレビに出て、自分が持ってもいない技術をまことしやかに披露していた。テレビ局のやらせである。社員も五、六人はいる。派手な看板を書いた古い軽自動車が五、六台あった。詐欺師独特のパフォーマンスである。

佐竹はすっかり騙された。世の中を見る目は人一倍優れたものを持った男であるが、「貧すれば鈍する」のように、佐竹の目はこの時、明らかに曇っていた。

しかし人の運命は分からない。佐竹の目が曇っていてKODに騙されたことが幸いした。この後、佐竹にとって良い巡り合わせが次々起きてくる。

「この巡り合わせは俺の力だけではない、誰かが俺を助けている」

佐竹は人並み外れた努力家であったが、運命は努力だけで引き寄せられるものではない。その度に佐竹はこの思いを何度もすることになった。

第一に、相棒の井上との巡り合いである。井上がKODに材料の仕入れに来た時、佐竹は研修期間中であった。どこかの現場に出かけていたら井上に会うことはなかったのだ。そして井上に話しかけなかったらそのまま通り過ぎていた。

「独立してどうですか」

「ＫＯＤは駄目だけどカギの仕事はあるよ」

この一言で佐竹の運命が開けていった。この時、佐竹はＫＯＤに行って一週間が過ぎていた。

「俺はこの野郎に騙された」

ＫＯＤの詐欺にかかったことに気が付き、そして悩んでいた。三百万円は払った。しかし話は全然違っている。払った三百万円は、借金の上にさらに上積みをして、サラ金から五百万円を借りたものであった。ここで井上に会えずに井上の一言を聞かなかったら、佐竹はＫＯＤに騙されたまま鍵屋の事業から撤退していた。それはそのまこれから先の人生に反映されて、本当の地獄に落ちていたことになる。考えただけでもぞっとする。

佐竹はそのあと、騙されたことには気が付かないふりをして、毎日ＫＯＤに通ってバイクのカギ作りに励んだ。そして密かにバイク関係のデータづくりに取り組んだ。この努力はこの後、ＪＡＦの仕事で実を結ぶことになる。

そして二つ目はＪＡＦとのかかわりである。仙台のＪＡＦから電話が無かったら、佐竹の技術がＪＡＦに認められることはなかった。

「盗難にあったお客さんの車が東京で見つかった。しかしカギが無い。請求書になりますがカギ作りをお願いできませんか」（ＪＡＦとの付き合いを参照）

カギ開けやカギ作りは現金が常識であった。逃げられたらそのままになるからである。しかしＪＡＦが相手では貸倒れになる心配はない。佐竹はこれを引き受けた。そのことによって、ＪＡＦの職員の目の前でカギを作って渡した。立ち会った職員はこの手早さに驚嘆した。これが大きなインパクトになって、佐竹鍵店の技術の高さがＪＡＦの中で広がった。

そして佐竹が何よりも運命の不思議さを感じていたのは、日本経済がおかしくなり、人々の所得は年々減少し、企業の倒産も起きている。しかもその状況は年を追うごとに酷くなっていた。しかし佐竹の始めた鍵屋の商売は年々実績が積み上がり、売り上げも伸びていた。

「この不思議さはなんなのだ、誰かが俺を助けている」

現に同じように鍵屋を始めた人達が廃業に追い込まれて行く姿を、佐竹は何度も目にしている。その中で俺と井上がうまくいくのはなぜなのか。その不思議さを常に感じていた。そして良い仲間にも巡り合えた。

その中の一人である。青森県八戸市で鍵屋をやっている工藤「ヤワタ鍵屋」さんと付き合うようになった。これは名古屋ロックの紹介であった。金庫のダイヤル開錠も彼に教わった。そして自動車の鍵開け、カギ作りは大変な技術を持っている。すべて自己開発である。その為の手作り道具がまた素晴らしかった。佐竹が実用新案を取った二眼式レンズは、彼が開発したものである。

「私は商品化する気はない。佐竹さんが作るのであれば商品化していいですよ」

佐竹は彼のためにも、他の人に真似をされないように、百五十万円かけて実用新案を取った。

彼が家を新築した。

「一度青森にも来てくださいよ」

佐竹は妻を伴って十和田湖に向かった。もちろん彼の家で一泊し、十和田市まで送ってもらったのだ。新渡戸稲造が十和田の人であることを初めて知った。丁度結婚して三十年が経っていたが、十和田市から観光バスで奥入瀬渓谷を登って十和田湖に向かった。きれいに晴れた秋の日である。遊覧船からの眺めは、岸辺の紅葉と湖の青さが目に痛いほど美しかった。観光バスを降りて十和田湖の岸辺で少し休んだ。

えにしの糸に結ばれて
三十世を過ぎし我妻と
十和田の湖《うみ》の紅《あか》き岸辺に

帰りはバスで八甲田山を超えた。八甲田山のブナ林の紅葉の中を、バスは走り抜けていった。素晴らしい景色であった。南国育ちの佐竹が初めて見る、黄色く染まったブナ林の美しさであった。青森から列車に乗って帰宅の途についた。それから三日後に八甲田山に雪が降ったと聞いた。

工藤さんを紹介してくれた名古屋ロックとの出会いがある。彼は佐竹や井上と同じようにＫＯＤの詐欺にかかった男で、松山康経である。年は佐竹よりも十五、六歳若い。彼は一度、井上と一緒の時期にＫＯＤの研修に参加したが、騙されたことに気が付いてそのまま名古屋に帰っていた。佐竹と井上が独立してから一年近く経っていたが、井上から佐竹に電話があった。

「名古屋の松山君から電話があると思う。いろいろと相談に乗ってやってほしい」

井上の方が先輩であるが、事業計画や問屋との交渉事は佐竹の役目であった。松山は、井上と佐竹の鍵屋の事業がうまくいっていることを井上から聞いて、自分も鍵屋をやる気になったのであった。佐竹は松山に会ったことはない、しかし二人は電話で話している内にすぐに打ち解けた。

佐竹は、鍵屋はネーミングが大事であること、タウンページ広告のノウハウ、チラシの配布など、自分がやってきて効果のあったことを彼にアドバイスした。結果「名古屋ロック」と命名した。彼は開業して一年が過ぎた頃には、佐竹と井上を追い越して名古屋で一番の鍵屋に成長していた。そして数人の社員を雇っていた。それから何年かが過ぎた時、彼はこういうことを言った。

「佐竹さんに言われてやったことはすべて上手く行く、しかし自分で考えてやったことはどうも上手くいかない」

今年の初め、この物語を書き始めた頃、彼が東京に出てきた。その時食事をしながらいろいろと話した。

「今俺は小説を書いている」

「どんな小説ですか」

「自分の話だ」

「自叙伝ですか」

「そうだ」

「鍵屋のことも書きますか」

「それを書かなかったら自分の物語にならないだろう」

「ＫＯＤのことも書きますか」

「ＫＯＤを書かなかったら鍵屋の物語ができないだろう」

そして彼は最後にこう言った。

「年の順から言ったら、私は佐竹さんよりも長生きをすると思う。佐竹さんが死んだら、祥月命日に一年間、東京まで毎月墓参りにきますから」

現に井上が死んでから、彼は毎月、名古屋から高尾山のふもとにある井上の墓参りを欠かさなかった。もちろん佐竹も同行した。彼はそういう男である。

鍵屋の事業のスタートと同時に、佐竹の借金払いの人生が始まった。五千万円を十年間で返す計画である。尋常な金額ではない。利息も当時は四%を超えていた。銀行の他にサラ金からの借り入れもある。大変な金額の返済が始まった。しかし佐竹は銀行が策定した返済額を一度も延滞したことはなかった。

「無理な時にはいつでも言ってください」

返済計画を作ってくれた高橋周治さんに言われていた。幸いなことに、佐竹が始めた鍵屋の商売は日を追って売り上げが伸びていった。しかし生活費は三年間一円も家庭に入れられなかった。月額六十万円が借金の返済に消えていたからである。

妻の可寿は看護婦であった。その頃、板橋区は訪問看護を区の事業としてやっていた。介護保険などない時代である。その訪問看護事業に参加して家計の費用を稼ぎ出してくれた。

三年目が過ぎた頃から、佐竹はやっと鍵屋の商売で借金の返済と家計の費用が賄えるようになっていた。

そして借金返済に大きな助けとなったのが、名義変更ができずに残った鶴カントリーであった。何が幸いするかわからない。あの時資金化していたら、株式売買の損金で消えていた。しかしこれを取り返すのがまた大変であった。千三百万円の額面である。その頃すでにバブル崩壊の影響はゴルフ業界に及び、預託金の返済ができないコースが続出していた。このコースを買った十年前はゴルフブームであった。その為に友人の片上にも買わせてあった。

二人で本部に乗り込んだ。場所は東京都千代田区神田三崎町にあった。その頃は名義変更を受け付けていたが、市場価額は五百万円ぐらいであった。佐竹は、返還期限の到来にともなう預託金返還を求めた。しかしなかなかすんなりとは応じてくれなかった。

「御社がもっと早くに名義変更を受け付けていたら、こんなことにはならなかった。市場価格が下がり始めてから名義変更を受け付けるから、このようなことになるのだ」と迫った。幸いにもこのコースは新発募集ではなかった。途中で数人を募集して、設備投資の資金を作ったようである。そして本業はガソリンの販売を行っている会社であった。佐竹は得意とする文章を作って突き付けた。その文面を見た彼らは、佐竹の後ろには弁護士が付いているかも、そのような疑念を抱かせるに十分の文章であった。

「千三百万円のうち、一千万円は現金で返します。後の三百万円は新たに会員権を発行します」

この条件で折り合った。

「現金でお支払いする一千万円は三回の分割でお願いしたい」

「分かりました」

佐竹はこれで承知することにした。一円もかえってこないところもあるのだ、一千万円が現金で三百万円が券面なら、全額返還と同じだ。佐竹はこれで十分だと思った。この条件で二人分を取り返した。

約束通り三か月ごとキッチリとお金が返ってきた。そしてこれをそのまま借金の返済にあてた。そして三百万円の会員権も百五十万円で売却した。この時の一千万円の借金返済は大きかった。この頃、鍵屋の商売も絶好調の時代を迎えていた。十年計画であった借金返済期間は七年間に大幅短縮された。サラ金分や利息を含めて、総額七千五百万円の金額になっていた。

「俺もやっと借金の返済が終わったよ」

「なに、そんなに借金があったのか」

井上もビックリした。そして、こう付け加えてくれた。

「ＫＯＤに騙されたおかげだなぁ、ＫＯＤに感謝しなきゃー」

しかしその時は、人を騙し続けたＫＯＤは鍵屋の業界に存在していなかった。


そして鶴カントリーの償還には、後日談がある。片上が住んでいるマンションに、大野さんという方がいた。この人は栃木県の副知事までやった人であった。この人がある日突然菓子折りを持って佐竹を訪ねてきた。

「鶴カントリーを持っているのですが、片上さんに聞いたら、佐竹さんに相談してみたら、といわれました」

彼の額面は四百万円で、最初の募集で買っていた。値上がりを目的で買っていたようであったが、名義変更をしなかったのでその目的は達成されなかった。

「副知事の時に義理で入っていたが、私も年になりゴルフもできなくなった。預託金の返還をお願いしたい。このように言えばどうですか」

「そのような約束事を書いた書類は何もないのですが、大丈夫でしょうか」

「向こうは書類に書いた約束事が守れなくなっているのです。書いた書類などない方がいい、好き勝手なことを並べ立ててやればいいのですよ」

　佐竹はこのようにアドバイスした。彼はその通り実行した。そして「佐竹さんにいろいろ聞いてお伺いしました」この文言を付け加えて交渉に臨んだそうである。一年間の分割払いでキッチリ四百万円が返還されたとのことであった。


　これで佐竹の借金が終わると思ったら大間違いである。この男は若い時から借金払いの人生を送ってきた。裏を返せば、借金がないと働く意欲が出ない男である。自宅を建て替える建築費を二千万円借りた。この返済が終わらないうちに、また借金をしたのだ。近くに土地を買うことにした。

「お父さん、あそこの土地が売りに出ているよ」

　娘の雅誉が見つけてきた。

「お前とお母さんの名義で買っておくか」

　これを買って家を建てた。五千六百万円かかった。名義は娘と妻の可寿である。借金も二人の名前で借りた。しかし払うのは佐竹の役目であった。結果、鍵屋の商売を始めて二十五年になるが、この間に借金返済に消えたお金は一億五千万円を超えた。佐竹はかなりの金額を稼ぎ出したはずであるが、残ったお金は一円も無い。まったく不思議な男である。

ＪＡＦとの付き合い

日本自動車連盟（ＪＡＦ）と佐竹鍵店は深い関係を持つことになった。鍵屋の技術はカギ作り（カギの無いところから鍵穴を覗いてカギを再生する）とカギ開け（カギの無いところで鍵屋の道具を使ってカギを開ける。ピッキング）である。ＪＡＦは自動車のロードサービスを行っている団体である。カギ開けは、会員になっている人はただでサービスを受けることができるのだ。しかしカギ作りはできない。鍵屋の出番である。

佐竹鍵店は、開業の当初からＪＡＦとの付き合いが始まった。相棒の井上と同時にＪＡＦの門をたたいた。井上は埼玉のＪＡＦである。佐竹は東京のＪＡＦであった。

井上の所にはすぐに仕事が入った。しかし佐竹の所にはなかなか仕事は入らなかった。そこで佐竹は再度ＪＡＦを訪ねた。

「鍵屋さんはたくさんきてくれますが、そうかといってどこにでも仕事を出すわけにはいかないのですよ、鍵屋さんの技術の問題もありますから」

ＪＡＦの言い分ももっともであった。

「一度仕事を出してみないと、その鍵屋がどれだけの技術を持っているのかも分からないでしょう」

佐竹はなかなか引き下がらなかった。このことがあってから、佐竹の所にも少しずつ仕事が入るようになってきた。幸いなことに、佐竹鍵店は自動車のカギ作りには自信があった。それはＫＯＤの影響である。ＫＯＤは安い金額で上野近辺のバイク屋のカギ作りを行っていた。佐竹と井上は、このＫＯＤの技術を基に自分たちで研究を重ねて、当時としては立派な技術を持っていた。この後、その技術がＪＡＦに認められるチャンスに恵まれる。そのことに巡り合った時、佐竹は、これも俺が持つ運の強さかと思った。同時に、これは俺一人の力ではない、誰かが俺に力を貸しているのか、そのような思いもあった。

ある日、仙台のＪＡＦから電話がかかってきた。

「うちのお客さんのトラックが東京で見つかった。しかしカギが無い、現場に行ってカギを作ってくれませんか。現場には東京の職員が立ち会います」

佐竹はこれを引き受けた。トラックは世田谷の草むらに放置されていた。ＪＡＦの職員が二人来ていた。五、六分でカギを作ってエンジンを掛けた。二人の職員から感嘆の声が上がった。このことが、佐竹鍵店のカギ作りの技術の高さを証明することになったのである。

そのあとＪＡＦの東京事務所に行った。

「佐竹鍵店の技術の高さにびっくりした。うちの職員から報告をうけています」

「いや、あれはたまたま簡単にできるカギでしたから」

実際に簡単なカギであった。しかしＪＡＦは、この言葉を佐竹鍵店の謙遜の言葉として受け取った。さらに佐竹鍵店の信用は高まった。

この様なことがあって、ＪＡＦからの仕事はがぜん多くなった。毎月五十、六十万円の仕事がくるようになっていた。カギ作りとカギ開けは、鍵屋にとっては、技術力さえあれば原価のかからないおいしい仕事であった。

ある日、ＪＡＦからの紹介だというお客から電話が入った。夜の十二時を過ぎていた。

「鍵屋さんに来てもらったがカギはできない。再度ＪＡＦに電話をして佐竹鍵店を紹介された。佐竹鍵店でカギができなかったらあきらめてくださいと言われました。カギはできるでしょうか」

「車種は何ですか」

「スバルレガシーです」

「うちが行けば、十分か、十五分でカギはできると思います。しかし前に行った鍵屋とうちは関係ありませんので、うちの料金、二万五千円を頂くようになりますがよろしいですか」

「カギができれば料金はそれで承知です」

車は東京都新宿区北新宿の大久保通りに停まっていた。十分でカギはできた。お客は喜んだが、しかし次の瞬間お客は怒った。

「前に来た鍵屋は何だったのだ」

カギもできないのに、一万五千円も取られていたのだ。

「鍵屋によってこんなに違うのか、このことはＪＡＦに電話をして文句をいいます」

佐竹鍵店の技術の高さは又証明されることとなった。

「今日は私の子供が生まれて気分を良くしています。これを持って行ってください」

箱に入った上等のワインをもらった。

佐竹のポケベルが鳴った。電話番をしている妻からである。近くの公衆電話から家に電話を入れた。携帯電話などない時代である。

「ホテルオークラのお客さんからＪＡＦの紹介で電話がきた。セルシオのカギの閉じこめだそうです」

佐竹は東京都港区のホテルオークラに向かった。板橋区からは四十分かかる。フロントでお客さんを呼び出してもらった。

「奥さんに主人が行けば開けられると思います。今までに何台も開けていますから、その言葉を聞いてから落ち着いて食事ができました」

お客さんは横浜から家族でホテルオークラに食事にきたとのことであった。佐竹は十分ほどでトランクの中に閉じ込めたカギを取り出した。トヨタのセルシオやレクサスが出始めた頃でＪＡＦはこのような新しいタイプの鍵開けができなかった。特殊な高級車の鍵開け代は二万円が相場である。おかげで佐竹鍵店はこの種の鍵開けで沢山の仕事をいただいた。

この様に、様々な人と巡り合うことで佐竹鍵店の名声は高まっていった。一方で技術開発も怠ることはなかった。鍵穴をのぞく二眼式レンズを作って実用新案を取った。近くの町工場に頼んで五十台を製作して、多くの鍵屋さんに使ってもらうこととなった。

しかし近年は、自動車のカギがシステム化され、大きく変化し、カギを作っただけでは自動車は動かない。ＩＣが組み込まれたカギに変わってきたからである。年を取り目も見えなくなってきた。従って、自動車のカギ作りからは離れてしまったが、幸いなことに、佐竹鍵店の目黒店だけが近代キー製作の技術を習得してくれた。技術だけではない、その為の設備投資も大変なお金がかかる時代となってきた。

「今度の機械も、百五十万円かかりました。たいへんな世界に首を突っ込んだようです」

目黒店から嘆きの声が出た。

「飲み食いに使ったわけではない。商売の為に使ったのだ、そのお金はどこかで必ず返ってくる、商売とはそういうものだ」

佐竹はそう言ったが、自動車のカギ作りは誰にでも簡単にできる時代ではなくなったことは確かである。そして目黒店のおかげで、佐竹鍵店の技術の高さによるＪＡＦとの関係は今も続いている。

警察との付き合い

警察関係の付き合いも長い。

「佐竹さん、カギを開けてもらいたい」

警察からの電話は必ず問題ありの場合である。

ある時はカギを開けてドアを開けたとたん、おばあさんが中からもたれかかってきた。佐竹が男前でもてるわけではない。すでに命がなくなっている。人間は最後に不思議な力を発揮するものである。息が苦しく動くことさえできないような人が、最後の力を振り絞って自分の部屋にたどり着こうとする。自分の部屋に入ったとたん命が終わったのである。そのままドアにもたれて天国に旅立っていた。

こんなこともあった。練馬警察からのカギ開け依頼であった。比較的新しい木造アパートの一室で、五十代後半のお母さんが待っていた。中に住んでいる娘と連絡が取れないとのことであった。カギを開けたが、中からU字ロックがかかっていた。

「これはいかん、中で死んでいるかも」

佐竹の鍵屋としての直感である。U字ロックを開けるのは、佐竹にとって造作もないことであった。ドアが開いた。警察官も慣れたものである。

「こちらで少しお待ちください」

お母さんを佐竹の自動車の後ろに立たせておいて、自分だけ中に入った。中にいるはずの娘さんは、ぶら下がり健康器に首を吊って死んでいた。佐竹があとで立ち会った警察官から聞いた話では、娘さんは失恋が原因の自殺であったとのこと。

人間の一生は様々である。天から与えられた命を全うし、最後の力を振り絞って自分の部屋にたどり着き、そのまま人生を終わる者、一方若い命でありながら、生きる力を失って途中で人生を投げ出す者、鍵屋の商売は、人の生きざまの最後に出くわす場面が多い商売である。このようなことが嫌になって、最近では警察とあまり仲良くしないことにしている。加えて夜の営業をしなくなったこともあって、警察からの直接的なカギ開け依頼は無くなった。

佐竹鍵店のお客さんの中には、痴呆症を患っている人達がたくさんいる。人間はボケてくると、他人に物を盗られるという妄想にかられる。そうなってくると大変である。家族と一緒に住んでいる人は「嫁が物を盗る」と言いだす。一人で生活している人は「隣が泥棒だ」と言いだす。朝晩面倒を見なければならない嫁の方は大変である。ボケだと分かっていても、朝に夕に「うちの嫁は泥棒だ」と隣近所に振れ回られては決して良い気持ちにはなれない。

交番からの電話で、度々鍵開けの依頼がくる人がいた。カギを落として家の中に入れないのである。一人暮らしの男性であった。「夜中に他人が入ってきて、枕元に置いたウイスキーを飲んでいく」と言っていた。警察の話だと、元警視庁の鑑識課に勤務し、定年退職後、家族と別れて一人の生活をしていた。過去の職歴なんか全く関係なく、ボケは突然やってくる。他人事ではない。

ごく最近のことである。夜の八時頃電話がかかってきた。雨が降っていた。場所は本郷菊坂である。明治の文豪が住んだ町で、古い地名が今も残る数少ない場所である。相手は女の方で、佐竹鍵店のタウンページ広告を見て電話をしてきた。「近くの鍵屋は信用できない」と言った。この一言でその筋の患者だとすぐに分かった。雨の中を行ってみると、若い二人の警察官が呼ばれて、泥棒に入られた痕跡を探している。

「鍵屋さんですか。泥棒に入られた痕跡はないようですが」

「泥棒なんか入っていませんよ」

佐竹はこの種の患者に慣れている。その対処の仕方に、二人の警察官は呆気に取られている。

「泥棒に入られたんですね、このカギに換えましょう。鍵屋を二十五年やっているが、このカギをつけて泥棒に入られたことは一度もない。安心してください」

これで患者は納得した。しかし明日になれば、また病気は再発する可能性もある。見ていた警察官はビックリした。

「鍵屋さんすごいですね」

このように、警察との付き合いは数えきれないほどある。それに伴って、防犯協力者としての表彰もあちこちの警察から受けている。

しかし佐竹は、一方で警察とのトラブルも絶えない男である。交通違反の常習者であるからだ。捕まる罪状は、携帯電話の使用と駐車違反である。佐竹が落ち着いて電話ができる場所は、自動車を運転している時が最良の時である。仕事に出る時は、鍵屋の電話は転送処理にして、携帯電話に通じるようになっている。仕事はいつ入るか分からない、必然的に自動車運転中の電話が多くなる。

人間は、同時に三つのことが処理できるように脳の構造ができている。しかし近年は、人間の動物的能力が衰えてきた。それにはいくつかの原因が考えられるが、第一に命の心配がなくなったことである。戦争がなくなったからだ。平和は良いことであるが、一方で人間の能力を減退させる一面もある。その為に、自動車運転をしながら電話をすると、電話の方に神経が注がれ、他がおろそかになる。従って事故を起こす。これを防ぐ為に法律ができる。佐竹のように並はずれの神経を持つ者にははなはだ迷惑な話である。しかし法律は国民全員に適用される。仕方がないことであるが、佐竹にとっては不都合がある。電話を取る時は、左右と後ろのバックミラーを見ながら取るが、たまに隠れているお巡りさんに捕まる時がある。

この前も捕まった。年の若いおまわりさんであった。免許証を見せろという。「私のおじいさんと同じ年です」といった。

「孫だから可愛がってくださいよ」

「バカなことを言ってはいかん。このボケかかった老人から小遣をせびるようなことをするな」

「罰金は払いませんか」

「払わない、それで不都合があれば逮捕にこい」

「逮捕されるかもしれませんよ」

罰金刑で逮捕はできないことを佐竹は知っている。逮捕の前にやることがある、財産の差し押さえである。これが法律の手順である。

「それでは、罰金の納付書は切らないでいいですか」

「それでいい」

罰金は払わないですんだが、免許証の点数はしっかりと引かれていた。

白バイに捕まった。文京区白山通りの広い道路である。信号無視だった。どこかに隠れていた白バイが飛び出してきて捕まった。

「信号無視です、免許証を出してください」

佐竹は免許証を出した。

「私の父より年上ですね」

あたりまえだ、八十を前にした老人だ。

「そうですか」

それからしばらく、あれやこれやと押し問答になった。佐竹は信号無視や一時停止違反は絶対認めないで頑張ることに決めている。事故に繋がる危険性があるようなことは絶対にしない自信があるのと、見た見ないは証拠が残らない現象であるからだ。突っ張った方が勝ちである。本人が認めなければ罪状にはできない。

「あぁ言えばこういう、こういえばあぁ言う、悪い性格ですね」

お巡りさんの方は少し頭にきている。佐竹は俺のペースになってきたと思った。

「私は悪い性格です。私と付き合った人は、百人中百人がお前は悪い性格だと言ってくれます」

追い打ちをかけた。

「いい年をして、随分突っ張りますね」

「当たり前だ、突っ張らなかったら、あんたは俺から罰金をとろうとしている。ここでなんだかんだと言い合っても仕方がない、裁判で決着つけるしかないだろう」

「裁判は大変ですよ」

「大変なことは分かっている。しかし面白い。私はこれを趣味でやっている。一つやるのも二つやるのも同じことだ」

「裁判をやっているんですか」

「いま一つだけやっている」

「罪状はなんですか」

「駐車違反だ」

そんな問答しながら、次に掲げる東京都公安委員会宛ての書状を見せた。この書状の後ろには、警視庁内を転々とし、最後に警視庁交通部駐車対策課からの返書のコピーが添付してある。この書類をみて、白バイのお巡りさんの態度は一変した。「この人は本当に裁判をやっているのだ」と勘違いしたのである。佐竹は裁判などしていない、佐竹が得意とするはったりである。そのお巡りさんの変容を見て「こいつらは、裁判はいやなんだ」と佐竹は直感した。

「謝る気がありますか。謝ってもらえば、私の方は何もなかったことにします」

お巡りさんは、どう見ても自分の手に負える相手ではないことを悟ったようだ。そして落としどころを探ってきた。佐竹も落としどころを提示している相手に対し、これ以上突っ張る気はなかった。

「それを早く言ってくださいよ。私は素直だからすぐに謝りますよ」

佐竹はすぐに謝った。しかしどう見ても、こんな理屈をこねる男が心の底から素直に謝っているとはとうてい思えない。


佐竹は意地悪だけでこんなことをやっているわけではない。年を取ってくると、ボケないまでも脳の力は段々と衰えてくる。それを少しでも補う為には、他人と議論を交わすことが脳の訓練にとって大事なことだと思っている。しかも法の番人を相手の議論は、これ以上ない相手である。同時に若い警察官にとっても、大きな社会勉強になることを願っている。彼らはこれから先、長い間、法の番人として社会の秩序と国民の安全を守っていく立場である。社会の仕組みは複雑にできている。残念ながら彼らは狭い範囲の教育しか受けていない。人も自分以上の人間がたくさんいることを悟ってほしい。「人をみて法を説け」ということわざがある。法律だけで世の中が進んでいるわけでもない。そのようなことが理解できる若者を、一人でも二人でも佐竹は育てやりたいと思っている。この日の警察官も、名前は聞いていないが、大きな社会勉強になったことを佐竹は願っている。

この書状は、平成二十六年十一月、民間委託の駐車違反の取り締まりで捕まった時の警視庁への公開質問状である。これに対する返事は、警視庁内を三か月かけて転々とし（役人特有のたらい回しである）、最後は警視庁交通部駐車対策課課長代理が書いた、道路交通法の条文を羅列した回答書が送付されてきた。彼らにはこの回答しかできないのである。

佐竹は最初からそんなことは分かっている。佐竹の目的は、佐竹が書いた本『我総理大臣なりせば』を警視庁の連中に読ませることにあった。どのような文章を書けば彼らがこの本を読むのか。道路交通法に国民の利便性はうたわれていない。その理由は、この法律の目的が、ただ国民を取り締まるための法律であるからである。しかしこの法律の頭に利便性を持ってくると、この法律の景色は一変する。彼らの頭を悩ませるには十分であった。そして最後の一文「この質問状に対する回答書は、国会質疑若しくは行政裁判の基礎資料になることをご承知おき下さい」は、彼らにとって大きな問題をはらんでいる。

まず「この男は国会議員の誰かと通じているのか」という疑問、そして行政裁判である。裁判を起こされると、回答書を作成した責任者は必ず証人として出廷することになる。そして佐竹が書いた本も読んでいなかったら、この時大変なことになる。二つの疑念を抱いて、この文書と『我総理大臣なりせば』の本は、警視庁内を三か月間転々とした。

佐竹はサラリーマン時代、大蔵省の役人を相手に十五年間も飯を食った男である。役人の心理状態は手の取るように分かっている。これで佐竹の目的は達成した。そして交通違反でお巡りさんに捕まった時、この文書が佐竹の役に立つことも知った。駄目もとで書いたこの文章が、佐竹にとってありがたい存在となった。

東京都公安委員会　御中

東京都板橋区前野町一‐八‐十

佐竹　忠

駐車反則金に関する質問事項

去る十一月二十一日、文京区本駒込路上において駐車違反の嫌疑がかけられ、拒絶したにも関わらず一方的に反則金通知書が送られ、車両の使用制限を回避する為、やむなく仮納付の手続きを取りました。しかしこの法律の有り様について疑問多々あり、納得の行く説明を頂きたく文書をもって質問いたします。下記の諸項目についてしかとご返答頂きたい。なお電話、メール等の連絡は一切受け付けません。

一、一般道路は何の為にあるのか。

宅地建物取引法では、四メートル以上の道路に二メートル以上接していなければ、家を建てる事はできません。何故この様な法律があるのか、それは車社会の現在、生活の利便性を図る目的と、火事その他緊急を要する時、消防車、救急車等の車両が通行できる条件を満たす為、ひいてはそこに暮らす住民の生活の利便性と、合わせ安全を確保する為に規定されている法律です。

しかしながら現在の駐車違反における取締りは、この住民の利便性を剥奪する様な執行が実施され、国民はこの行政に対する反感を抱きながら恐怖心を持って生活している状態です。しかるに生活の利便の為、自宅前に一時的に止めている車両まで取締りの対象としている。これは明らかに法律の行き過ぎで有り、正当な国民生活を脅かす存在の法律に成り下がっています（車両を止めてその右側もしくは左側に四メートル以上の車幅があれば緊急車両の通行は可能、しかるに六メートル以上の道路でしかも住宅街の場合、この条件を満たすものであり、十分や十五分の停車は生活の利便性が優先するはずである）。

現在の駐車違反取締りは、この生活の利便性を全く考慮していない法律となっており、この法律を作った小役人の一方向しか見えていない浅知恵によるもので、法治国家に生活する国民の側から見れば、明らかに法の基本理念を欠いた欠陥法律となっています。

二、法律は誰の為にあるのか。

これは東京都公安委員会に質問すべき問題ではありませんが、念のため書いておきます。

国家は国民が主体となって成り立っています。その国民の安全と生活を守り、合わせて社会の規律を保つ為に法律があります。法治国家に生活する国民は、この法律によって生活の安全が保たれ社会秩序が成り立っているのです。

しかしながら法律は時として、国民を苦しめ、国民の正義の活動を阻害している場合があります。それは当該法律を作った者の配慮の欠如からなされる場合と、その法律を実行する立場の者の解釈違いで生じる場合とがあります。いずれも人間がなす性であり、誰を召せるものでもありません。

しかしながらこの法律に誤りがあると分かった時、これを速やかに是正して行く義務が国家にはあるのです。

三、駐車違反の取り締まりはなぜ強化されたのか。

駐車違反の取り締まりは以前からありました。しかし近年の自動車の増大に伴って違法駐車が横行し、住民の生活の安全に支障をきたす場合が生じ、それを解消する為にその取締りを民間に委託する法律が制定され、今日の取締りの状態があります。

この方法に対して、何の異論を唱えるものでもありませんが、この法律を振りかざして住民の生活の利便性を侵害し、健全な生活の安全を脅かしている状態に対して異論があります。

この法律の制定目的は、住民の安全と利便性を図る事を目的とし、それを阻害する違法駐車の取り締りが目的で制定された法律で有ると理解しています。しかしながら現在の状況は、住民の利便性を奪い、時として法治国家に有るまじき権力の乱用と正当な国民生活を脅かす存在となっているのが現状です。

これは明らかに法律の行き過ぎであり、国民に対する国家の挑戦としか思えません。

かかる状況を放置して、そのまま見過ごすことは国民の一員として、かつ自分の信念に照らしてできません。近年の行き過ぎた駐車違反の取り締まりは、正当な経済活動をも阻害し、アベノミクスの経済効果を減退させる負の部分もあります。そして何よりもこの取締りに萎縮して生活しなければならない一般庶民の代表として、せっかく頂いたこのチャンスを生かして、事の是非を正したいと思っています。そこで国民の側から見て明らかに行き過ぎたこの行為は、東京都公安委員会の裁量で行っているものか、はたまた国家の法律が国民の生活を無視したところまで踏み込んで良いと規定しているのか、しかとご返答頂きたい。

この質問状は、道路交通法に規定されている弁明書ではありません。弁明書と勘違いされない為に、その期限が過ぎるのを待って送付いたします。

この質問状に対する回答書は、国会質疑もしくは行政裁判の基礎資料となる事をご承知おき下さい。

なお余談ですが、私の書いた著書（平成二十六年九月発売）『我総理大臣なりせば』をお読み頂ければ、国家とは何か、国民の成すべき事、国家公務員の在るべき姿、政治家の在るべき姿、法律は誰の為に何の為にあるのか等、詳しく解説してあります。国会図書館に納本となっております。ご参考までにお読み頂ければ幸いです。

この質問状に対する回答は、特に期限を設けるものではありませんが、平成二十七年三月末日迄にはご解答頂きたくお願い申し上げます。

平成二十六年十二月二十七日

相棒の死

鍵屋を始めた時、佐竹と井上は新参者であり、周りは皆敵であった。夜中にカギ開けのカラ走りをさせられることもあった（どこかの鍵屋がお客を装ってカギ開けの依頼をしてくる、行った先にそんなお客さんはいない）。二人の仲は、敵に囲まれた中で部材の調達や技術開発、営業の手立てなど工夫と研究を重ねながら、共に頑張り励ましあって結ばれたものであり「お前がいなかったら俺の今日はなかった」とお互いに認め合う中であった。十年経ったら二人で記念パーティーをやろう。その約束で二人は毎日の仕事に励んだ。

仕事が終わって夜になると、二人はいつも、どちらかが電話をした。そしてその電話は長電話であった。今日あったことをお互いが話し合って、そして技術開発に関することなど、話はなかなか終わらなかった。一時間に及ぶこともあった。そのやり取りは何年も続いた。それがお互いの仕事の向上に繋がり、励みとなっていた。

そして九年目を迎えていた。

「俺はもう目が見えなくなった。夕方家に帰って自分の家の鍵穴がわからない」

その電話があってから一週間後、平成十三年五月二十日、井上満夫は天国へ旅立った。前職がお菓子の製造工場を経営していた人である。糖尿病を患っていた。相当に病気が進んでいたのであろう。倒れてから数日で旅立った。

五月二十三日が葬儀であった。葬儀場には昭和十年に流行したサーカスの唄が演奏されていた。昭和十年は彼が生まれた年である。

「旅のつばくろ寂しかないか俺も寂しいサーカス暮らし」

スローテンポのオルガンの音色であった。佐竹は相棒に捧げる弔辞を読んだ。万感の思いがこみあげてきて、自分で書いた短い弔辞の文章が涙で濡れた。佐竹にとっては、人生のどん底から這い上がってくる手助けをしてくれた相棒であり、福の神であった。

葬儀が終わってから二人のお兄さんと話した。井上の兄である二人とも高齢であったが、かくしゃくとしている。

「満夫はいつも会うたびに、俺は今、頭のいい奴と組んで上手くいっている」

そのようなことを聞かされていたと言ってくれた。

「満夫は人生の最後に、こんな立派な友達を持って幸せなやつだ」

このようなお言葉もいただいた。そして奥さんからは「主人は佐竹さんと電話をしている時が一番幸せそうな顔をしていました」と。

サラリーマン時代の同僚や友人とは全く違った結びつきである。何か月も落ち込んだ気持ちを引きずった。彼とパーティーの約束をした十年目を迎えたが、一人でパーティーをやる気にはならなかった。挨拶状を添えた記念品を配って、十年目を超えた。

ご挨拶

３月の声と共に春めいた日が多くなって参りました。

皆様方にはお変わりもなく、ご清栄の事と存じます。


さて、当店は今年３月をもちまして、開業以来１０年の歳月を数えることになりました。

１０年の間には、紆余曲折いろいろな事がありましたが、不況の中でも、店舗数も順調に伸び、現在６店舗この４月の末には新規開店の大宮店を入れますと７店舗の営業網となります。

これもひとえに、お得意様をはじめとする皆様方の日頃の当店に対するご厚情の賜ものと、心より感謝し、厚く御礼申し上げます。


「１０年たったら二人でパーティーでもやろうよ」と誓いあった開業以来の盟友、井上満夫氏は、昨年の５月２０日天国に召されました。

私一人がパーティーなどと浮かれた気にもなれず、ささやかに、お世話になった皆様方への、お礼のしるしとして、ここに記念の品を贈らせて頂きます。


HOYAクリスタル様のご厚情を頂き、クリスタル製のサラダボールをお届け申し上げます。朝夕の食卓にのせてご利用頂ければ何よりの幸せでございます。

末筆ながら、皆様のご健勝をお祈り申し上げます。

敬　具

平成１４年　春　吉日

佐　竹　鍵　店　代表者　佐　竹　　忠

六人の弟子と巡り合った人々

ゼロからのスタートである。技術開発や営業活動など、筆舌に尽くせない苦労であった。二十四時間働いた結果、過労から猛烈な目まいを起こして一か月間入院したこともあった。

開業当初の佐竹鍵店の営業活動はすさまじいものがあった。夜中に出て行って、あちこちの駐車場の金網に看板を結び付けてくる。これは無断でやっている。従って掛けた先から苦情がくることを覚悟した。しかしその為の苦情は一件もこなかった。当時このような捨て看板を掛けているのは、サラ金業者がほとんどであった。そこに佐竹鍵店が少し割り込んだ。この看板広告は非常に効果があった。

タウンページ広告も有効な手段であった。当時携帯電話はなく、町角に電話ボックスが点在していた時代である。しかしこれは広告の大きさによって値段が違った。大きく出すとお金が高くなる、四分の一ページのものに決めていた。決められた大きさの中で、いかに効果を出すかに知恵を絞った。

「地元警察防犯協力店」

この文句は、佐竹鍵店の信用を高める効果があった。しかしすぐに皆にまねをされた。警察に出入りしていない鍵屋までもが、この文句を使うようになっていた。

開業の時、先輩鍵屋からアドバイスを受けたことがあった。鍵屋の名称である。

「鍵屋の商売は、自分を売り込むか、地域の名称しかない」

佐竹は東京都板橋区に住んでいる。「板橋ロック」を考えた、しかしこれはすでに使っている人がいてあきらめた。従って自分の名前を売り込むことに決めた。これが幸いした。佐竹は開業の時、弟子を育成して、関東一圓に店舗網を展開するなど全く考えてもいなかった。ただ自分が借金を払って飯が食えれば十分であった。しかし運命は自分が意図せぬところで進んで行く、佐竹の運命は不思議なことに、この時も本人は気が付かないまま吉の方向に大きく動いていたことになる。「板橋ロック」が無かったら迷わず板橋ロックにしていた。そうすると開業した弟子たちは、すべて別々の名称にするしかない。そうなると佐竹鍵店全体の経営効率は大きく違っていたことになる。

タウンページ広告と全く同じチラシを作り、毎日仕事の合間にポスティングした。

これはタウンページ広告のイメージを深く売り込むためであった。

開業して三年目から、鍵屋さんの大盛況の時代を迎えた。弟子入りを求める人が佐竹鍵店にもきた。鍵屋の技術は鍵開け（カギのないところで手作りの鍵開け道具を使ってカギを開ける）と鍵つくり（カギの無いところからカギ穴をのぞいてカギを作る）である。

佐竹鍵店の修業は徒弟制度で、現場主義、理論などどこにもない。一人ずつ現場で仕事をさせながら教えていった。期間は二、三か月である。しかしそれでは鍵屋の仕事はできない。最低でも開業から一年間は、電話でのサポートが必要であった。そして鍵開け道具も手作りで与えた。そのようなすべてのものを含めて、技術講習料を百五十万円貰った。それを貰わないと、教える方が赤字になる。

開業して一年経ってから、月額五万円の暖簾代を貰った（一年経てば仕事も覚え経営が安定してくるからである）。この暖簾代にはキッチリとした見返りがあった。材料の仕入れである。これは、佐竹が契約した値段で全員が仕入れることができた。そしてＪＡＦなど、佐竹鍵店の名声の恩恵を受けることができた。

佐竹はビジネスマンである。働く皆が恩恵を受けられるようにシステムを作り上げていた。その辺の計画設計は、他の鍵屋にまねのできないようなものであった。これが佐竹鍵店として商売をする為の条件である。それが高いと思う人、これを納得して受け入れる者、人様々である。しかし佐竹鍵店の弟子は、一人の脱落者もなく全店が鍵屋で飯が食えるようになった。

最初の弟子が、

高橋哲夫「佐竹鍵店杉並店」平成六年の開業、もとサラリーマン。

佐竹孝治「佐竹鍵店駒込店」平成七年開業、これは佐竹忠の弟である。

稲田和夫「佐竹鍵店つくば店」平成八年開業、もと銀行マンである。

服部不二夫「佐竹鍵店湘南店」平成十年開業、もと証券マン、佐竹が新日本証券へ債券の勉強に行った時からの付き合いである。

川越幸浩「佐竹鍵店目黒店」平成十三年開業、もと銀座のレストラン店長で手品師である。

下川正博「佐竹鍵店大宮店」平成十四年開業、もとサラリーマン。

このような顔ぶれの弟子を六人育てて、それぞれ地区割りに配置した。全店佐竹鍵店の屋号を使った。これは商売上非常に上手くいった。鍵屋の商売は信用を売る商売である。佐竹鍵店の屋号は、カタカナ名称が多い時代に、職人気質の店だと理解してくれた。そして全部で七店舗の店舗数が信用につながった。

佐竹鍵店は弟子を採る時、独特なテストをする。弟子入り希望者を一日中仕事の車に乗せて、現場を見せながら鍵屋の辛い面だけを強調して説明する。これでたいていの者は嫌になる。しかし鍵屋に限らず独立して飯を食う為には、何業であってもサラリーマンの三倍は働かないと一人前にはなれない。一人前になれなかったら脱落者となるしかないのだ。

百五十万円のお金も高い、当時流行ったカギ学校に行けば五十万円ですむ。しかしこれで鍵屋になれるかどうかは分からない。後のフォローがないからである。教える人達も成功者であるとは限らない。鍵屋で飯が食えないからカギ学校を作った人もいた。なに業であっても、新しいことを始める時は、その道の成功者を頼って指導を受けるのが一番である。このことは佐竹が若い時に行った椎茸栽培で実証済みである。大分県で栽培技術を教わることができたから佐竹は椎茸栽培で成功した。さらに松下徳一さんの所であった為に、販売の道筋を得たのである。これはどの商売にも通じることである。五十万円でも三十万円でも、鍵屋で成功できなかったらただの捨て銭である。成功できれば百五十万円は生きたお金で返ってくる。開業から三年が過ぎた時には、佐竹は成功者であった。しかしそれまでには無駄なお金を相当に捨てている。そのお金は二百万円や三百万円ではない、それは、佐竹には成功者から教わる手立てがなかったからである。すべて試行錯誤の繰り返しであった。その度にお金が消えた。教わりに行ったはずのＫＯＤは成功者ではなく、全く役に立たなかった。そればかりかＫＯＤと行った喧嘩は、佐竹にとってスタート時の大きなマイナス要因であった。しかし一方で、相棒である井上と二人であったことが幸いして、捨てたムダ金は半分で済んだことになる。結果として佐竹も井上も成功者となった。

成功者となれば、捨てたお金は、一度は無駄となっても生きたお金で返ってくる。これが商売の世界で生きるための成功への道である。佐竹鍵店の傘下に入れば、暖簾代は払うことになるが、喧嘩をすることもない、仕入れの心配もない、無駄金を捨てることもない。関東一圓の店舗網を利用した信用を得ることもできる。この理屈が理解できた者だけが佐竹鍵店の弟子となった。

鍵屋の商売を始めて二十五年が過ぎた。七店舗のうち「湘南店」と「駒込店」の二店舗が高齢の為に閉店となった。

　この商売を長年続けてきた結果、たくさんの人に巡り合い、様々なことを経験したが、この紙面に全てを書くことはできない。印象深いいくつかを書くことにする。


　つくば店が独立して半年が過ぎた頃、つくば店に大きな仕事が入った。霞ヶ丘カントリークラブ、ゴルフ場からの仕事であった。今まで使っていたシステム式のロッカーを、システムが破損したために個別のカギを取り付けたいと言ってきた。全部で六百個を超えていた。当時の佐竹鍵店にとっては大きな仕事であった。しかし心配もあった。当時はバブルが崩壊し、企業倒産があちこちで発生していた。仕事はやったがお金がもらえない。この心配があった。

　佐竹はゴルフ場を下見に行った。このゴルフ場は、バブルのずっと以前に一度倒産し、作家連中が集まって再建した由緒あるゴルフ場であった。当時の理事長は、マンガの『ふくちゃん』を書いた横山隆一であった。丹羽文雄や石原慎太郎の名前もあった。そして支配人も、年は若いがしっかりした人物であった。

「よし、ゴルフ場の支払い能力は大丈夫だ」

佐竹は判断した。しかしこの仕事が佐竹鍵店に届くまでに、二人の紹介者がいた。この紹介者を排除してゴルフ場との直受けにしたかった。そうしないと、二か所のうちどこかで不払いが生じたらおしまいである。

「カギの取り付けは、これだけの数になると必ずメンテナンスの問題が出てくる。後々の問題があるので、ゴルフ場と直接取引でやらせてほしい。もちろん仲介料はきっちりお支払いします」

この条件で紹介者と話をつけるように、佐竹はつくば店に指示した。つくば店は佐竹の指示通りに動いた。その結果紹介者の一人は「仲介料はいらない、シッカリとした仕事をして頂ければそれで結構です」となり、もう一人は、一個につき五百円で話はまとまった。後はゴルフ場と、工事の段取りと支払い条件を決めればよい。年の瀬が迫っていた。

「大晦日と元旦の二日間だけコースは休みます。その二日間で二百個を取り付けてほしい」

ゴルフ場側の言い分であった。二回目の打ち合わせの時、佐竹は一個だけカギの取り付けを試験的に行っていた。一個取り付けるのに要する時間を計る為である。佐竹は二日間で二百個を取り付ける確信があった。

「二百個の取り付けはできると思います。しかし六百個の取り付けはかなりの時間がかかります。そして工事も三回に分けてお願いしたい。それに伴って、支払いも三回のお支払いでお願いしたい」

この条件で話は決まった。佐竹は早速「工事請負契約書」を作成し、佐竹が得意とするビジネス文を駆使して作り上げた。その中には、工事請負人は佐竹鍵店つくば店であること、但し工事の補完は佐竹鍵店が行う旨を書き入れた。そして支払いは、一期二百個の取り付け工事が完了し、引き渡してから一か月後、銀行振り込みで支払うこと、二期、三期も同様とする。この条件で工事請負契約は成立した。そして大晦日の日を迎えた。


佐竹は板橋を暗いうちに出て茨木県霞ケ浦に向かった。冬の日は短い、一日百個の取り付けは大変な作業である。この時、取り付け作業のできる者は佐竹と駒込店、そしてつくば店の三人だった。しかしつくば店は独立して半年である。十分な仕事はできなかった。

「習うより慣れろ」

二十個も取り付けているうちに、彼も一人前の仕事ができるようになっていた。後片づけのアルバイトの数人を雇った。佐竹は息子の一磨も連れて行った。高校生であったが、後片づけ要員には十分であった。

そして二日目は、年の初め元旦である。佐竹は毎年元旦に、家族で鎌倉、鶴岡八幡宮に初詣を欠かさなかった。しかしこの年はそれができなかった。この時の佐竹に正月はない。二日目の四時頃には、佐竹は二百個を取り付けて仕事は終わった。

そこで佐竹がビックリする出来事があった。支配人が工事代金だと言って百万円の札束を出してきた。それは常陽銀行の帯封の掛かった札束であった。

「いや、工事代金は、一か月先ですよ」

佐竹は契約書通りの金銭受け渡ししか頭にない。

「社長の仕事ぶりを見ていたら、ここで私が工事代金の一部でもお支払いしなかったら、私の負けになる」

支配人はそう言った。佐竹は支配人と相撲をとったつもりはない。しかし支配人の方は、佐竹と相撲をとっていたのである。佐竹は二百個の取り付けを約束した。しかし支配人は、二百の取り付けは無理であろう、百個取り付ければ正月の営業は十分できる。そのように考えていた。一方で、もしかしたら佐竹は二百個を取り付けるかもしれない。その時は百万円の支払いをしなければ、自分の方が負けになる。支配人はそのように決めていたことになる。

佐竹は常陽銀行の帯封の掛かった札束を見た時、「年末年始は銀行が休みであるから、この男は正月前からこのお金を用意していたことになる。そうでないと、銀行の帯封が掛かった札束がここで出てくるはずがない」と、そう直感した。そしてこのようなお金の使い方をする男に初めて巡り会った。

一か月ほど期間をおいて二回目の工事を行った。工事はゴルフ場が休みの日でないと作業はできない。ゴルフ場が休みの日は食堂も休みである。しかしこの日は全員の弁当を取ってくれて、支配人も一緒に食事をした。

「どこであのようなお金の使い方を勉強しましたか」

佐竹は聞いてみた。

「ここの経営者は最近代わりました。その時、残っていた従業員全員に一万円が配られた。そしてこのお金は何に使ってもいい、一週間後に使った内容だけ教えてくれ」

これが引き継いだ従業員へのテストであったという。佐竹はこの話を聞いて更に勉強させられた。ビジネスは金銭が全てである。お金の使い方がシッカリしている人間でないと、ビジネスでは使えない。この経営者は相当な知恵者だと判断した。

「私は今の社長に巡り合ってお金の使い方を教わりました。社長に巡り合わなかったら、只のサラリーマンで終わっていたでしょう」

支配人はそのように言った。


これと全く反対の男もいた。赤羽規夫である。彼とは丸荘証券時代からの付き合いである。彼は志木支店の営業マンであった。頭の良い好男子である。佐竹とは十歳年が違った。彼の方が下である。佐竹が株の売買をやっていた頃親しく付き合った。そして佐竹は株の売買に見切りをつけて鍵屋になった。

「新しい事業を一緒にやりましょう」

彼は熱心に佐竹を誘った。しかし佐竹は事業を始める資金がない。そして借金払いが待っていた。

「俺は事業はやらない、だれか相棒を見つけてやってくれ」

佐竹は断ったが、赤羽の行動に少し疑念を抱く場面があったのだ。それは株の売買をやっていた頃のことである。丸荘証券の子会社であるインターストックから彼は二千万円をかりていた。しかし株価が暴落した為にこの返済ができなくなった。担保は入っていたが、その価値は五百万円ほどであった。赤羽はこれを払わなかった。

「借用証書が無いので払う必要はない」

彼の言い分である。

「自分のいた会社に、お前はよくそんな不義理ができるなぁ」

佐竹はそういったが、彼の根性はこの頃から少し曲がり始めていた。

佐竹の鍵屋の事業が軌道に乗った頃、彼は佐竹の元にやってきた。そして鍵屋になると言い出した。事業がうまくいかなかったのである。佐竹と離れていた二年半の間に、彼はすっかり曲がった根性が染みついていた。金銭で他人を裏切る男に変身していたのである。

「俺は百五十万円を貰って技術を教えている。しかし君の場合は知らない仲ではない、百三十万円でいい」

彼は百三十万円を持ってきた。ここからが彼の根性の見せ場であった。佐竹は赤羽のやることは想像できた。

「よしこの男を試してやろう」

佐竹は赤羽の戦略に乗ることにした。

「これで全額支払います。しかし自分はお金がない、この中から百万円を貸してほしい」

佐竹は、百万円を貸すことにした。佐竹が借用書を取らないことを赤羽は知っている。そして二か月ほどかけて鍵屋の技術は教えた。そして彼は独立した。

それから一年が過ぎた。彼は佐竹から借りた百万円をみごとに踏み倒した。

「借用書が無いので借りたことにはならない」

彼の言い分であった。

「友達の貸し借りに借用書は取らない、そして友達の貸し借りに期限は無いぞ、俺はお前に百万円を貸してある。この気持ちは何年経っても変わらない」

佐竹は更に付け加えた。

「百万円くらいの金は、お前から貰わなくても世間の誰かが俺には返してくれる。しかしお前は俺に百万円を払わなかった為に、これからの人生で何千万円も損をすることになるぞ、世の中の仕組みはそのようにできている」

佐竹の赤羽に対する餞別の言葉は直ぐに現実となって表れた。

彼は頭の切れる男で、次々に新しいことを手掛けていくタイプである。社員も使っていた。ある程度の収入が無いと給料は払えない。

新しい事業を始めた。エアコンの取り付けである。一台取り付けて一万円が相場である。これでは儲けはない。彼は次のことを考えた。エアコンを安く仕入れて、取り付け販売をする方法である。その為にはエアコンを安く仕入れなければならない。三洋証券に知り合いがいた。その筋を通じて三菱電機の家電部門にたどり着いた。三菱電機のエアコンは性能が良いことを、彼は何かで知ったと思う。しかし三菱電機が赤羽に直接売ることはない。必ず問屋を経由する。たどり着いた先は新菱電機であった。この会社は、佐竹がいた城北三菱電機商品販売の子会社で、主に三菱グループの職域販売を行っている会社であり、建て替える前の丸ビルの地下、一階に店舗があった。

赤羽は鍵屋をやっているといったそうである。

「鍵屋ならば、佐竹さんに聞けば分かるかも」

社長と店長の二人から電話があった。

「百台も出してみれば、一度は売り上げが上がると思う。しかし売掛金の回収ができるかどうかは請け負えない」

佐竹のこの一言で赤羽の事業計画はついえた。

「どうも調子のいい奴だと思った。佐竹さんに聞いてよかった」

新菱電機二人の言葉であった。世の中は誠にうまくできている。赤羽が新菱電機へたどり着くまでには、相当の時間と労力を要している。しかしその計画は一瞬のうちに崩れ去った。しかもそれが佐竹の一言で消え去ったとは、本人赤羽は全く知り得ないことであった。これが世の中の不思議さであり、運命の皮肉さでもある。


鍵屋の商売の中で、もう一人大事な人物がいる。本間末次郎である。この人は「誠工芸」という不動産屋の社長である。不動産屋にしては、似つかわしくない会社名をつけている。後で解説する。

この人物と佐竹は、鍵屋の商売を始めてからすぐに知り合った。不動産屋でも、彼のやっている商売は少し違ったやり方である。

「これは俺にしかできない」

本間末次郎の言葉である。

「お前はただの鍵屋ではないな」

佐竹は、鍵屋の商売を始めてから万を超える人達に巡り会っている。しかし佐竹の実力を見抜いた人はこの人物だけであった。

「お前なら俺の後釜ができるな」

「いやですよ、指の一本無い人たちと付き合うのは」

こんなやり取りもあった。ものすごい洞察力を持っている。年は佐竹よりも六歳上である。体は小柄な人だが、度胸は他人に真似のできない太さを持った人物であった。

「これは俺にしかできない」

この言葉に、その度胸の良さが象徴されている。この人物と知り合ったことで佐竹は様々な勉強もした。

「お前も宅建資格を取っておけ、鍵屋をやりながらでも俺の商売の手伝いはできる」

佐竹は宅建試験を受けることにした。六十歳になっていたが、この年になると記憶力は全くダメになる。鍵屋をやりながら独学で三年かかった。

「お前はバカか」

その度に佐竹にハッパをかけてくる。しかし奥さんの話では、本間末次郎本人も大変な苦労の末に取ったと聞かされた。彼も佐竹と同じように高齢になってからの挑戦であったのだ。そして三年かかったことも同じであった。

「俺のところに五百万円を持ってこい、俺が全てをやってやる。しかし儲けた三割は俺が取るぞ」

当時はバブルがはじけ、ローンを組んで不動産を取得していた人達から大変な額の不払いが生じていた。貸した金融機関は担保権を行使して、裁判所を通じて競売にかける。この物件を専門に売買していた。しかしこれは簡単ではない。素人が落札した物件には、必ず誰かが大量の荷物を入れてくる。裁判所の書類にはそのような事項が記されていない。この荷物を持ち込んだ連中がまた大変な人達である。即ち暴力団がらみの人達なのだ。法外な立退料を要求してくる。中には落札の金額よりも多くなることもある。なぜこのようなことができるのか。

「短期の賃借権は担保権に優先する」

この法律がある為である。この法律の解説も後で述べる。彼らはお金が払えなくなった人達と賃貸借契約を結ぶ、そうすると賃借人である。立ち退き料を払わなければ、彼らを追い出すことはできない。

この状況を裁判所の書類に記載されている物件がある。「短期賃借人あり」である。この記載のある物件は、たいていの人は敬遠する。彼らを追い出すのに大変なお金と時間がかかるからである。従ってこのような物件は、裁判所が提示した最低落札価額で手に入れることができる。競争相手がいないからである。

誠工芸はこのような物件ばかりを落札する。そして本間末次郎は彼らと立退料の交渉をする。この交渉術は見事であった。誰にも真似ができない高等な交渉術と図太い度胸がないと、この仕事はできない。

「指の一本無いのはこの道の勲章だ、しかし二本も三本も無いのはバカだぞ」

「そんなことを言っていたら社長殺されるよ」

佐竹が心配したこともあった。

「俺もいつ事務所にダンプを乗り込まれるか分らないとは思っている」

誠工芸の事務所は埼玉県川口市にあった。三百万円の要求に対して、彼は、七十、八十万円できっちりと話をつける。イソップ物語の中に『太陽と北風』という話がある。本間末次郎は「彼らとは太陽で話を着けておかないと、第三者に渡ってからも何をしてくるか分からない連中だ、何かあったら誠工芸の物件は買えない、この噂になったら商売はできなくなる」と、彼はこの精神を貫いていた。

「社長の物件で執行官にお目にかかったことがないですね」

佐竹が訊ねたことがあった。

「あんな者と仲良くしているようでは、金儲けはできない」

即ち北風である。執行官は裁判所から派遣されている。従って強制執行の権限を持っている。しかし追い出された方は良い気持ちにはなれない。本間末次郎は決してこれをやらなかった。彼らが持ち込んだ荷物は、彼らの手で自発的に持ち出すように話を着ける。

「お前達がいるおかげで俺はこの物件を安く買うことができた、その金額の半分をお前達にやる」

これが、本間末次郎が彼らと交渉をする基本であった。

「交渉が難儀ならば、保証金を捨てることなど俺はなんでもないぞ」

彼らを脅かすこともしばしばであった。

この落札制度について少し解説しておく。裁判所から公示された金額の十％を保証金として差し入れることによって、当該物件の入札に参加することができる。裁判所は応札者の金額の上位の者に落札者としての権利を与える。その通知を受け取ってから一か月後に残金の支払いを済ませば、この物件の取得者となる。もし残金の支払いができなかった場合には、差し入れた保証金は没収される。この場合、物件の落札者は入札価額の十％の損になる。しかし損をする人は落札者だけではない。ここに荷物を持ち込んで頑張っている人達も損になる。その理由は、この物件の入札は最初からやり直しになるからである。彼らは法の網をかいくぐり、かなりの時間をかけてここまでたどり着いている。それを最初からやり直しになったら大変なロスが出る。これを避けるためには、本間末次郎の脅しに屈してでも、ある程度のところで手を打った方が得策である。

ある時佐竹は、会社の社名について聞いたことがあった。

「お前は俺の前職を知らないのか」

「知らないですよ」

知るはずがない、聞いたことがないのだ。

「俺は日本人形の顔を描いていた。それがある日、得意先の人に、『社長、人形の顔がきつくなりました』と言われて、気が付いたら目が衰えていた。それで人形師をやめて不動産屋になった。社名の誠は息子の名前だ」

道理で言葉使いは悪いが繊細な神経の持ち主である。事務所の隅にピアノも置いてある。本人が弾くのだ。電話で話しただけで、相手がどんな人物か分かると言った。

「お前の母ちゃんは、金は天から降ってくると思っているな」と言われたことがあった。ズバリであった。そしてこうも付け加えてくれた。

「女はそれでいいのだ、あまりケチケチした女房だと男は仕事ができない」

もちろん佐竹の妻に会ったことはない。仕事の電話を時々取る。その時の感じで彼はそう言っている。

彼が落札した物件に荷物を持ち込んでくる連中とのやり取りも同じである。

「今度の連中は幼稚園児よりも少し上、小学生ぐらいだ」

「今度の連中はできの悪い大学生のレベルだ」

このような表現で、相手の力を定めて交渉に臨むのである。

落札通知書を受け取ると、まずカギの交換をする。

「この物件は本間末次郎が落札しました。よって管理者責任が生じました。カギの交換をしますが、貴殿達の出入りには支障なきよう取り計らってあります。何か御用がありましたら下記にお電話ください」

この手紙をポストの中にテープで張り付けてくる。もちろんカギの所在もきっちりと書いてある。これが彼らと接触するキッカケである。そして電話が掛かってくると、話をしながら彼らの力を推し量るのである。残金を払い込むまでには話はきっちりと着いている。そしてこの物件に内装を施し、第三者に売り渡す。これが誠工芸社長、本間末次郎の商売である。


「お前は俺のところになぜ五百万円を持ってこないのだ」

「金がないから持ってこられない」

「なぜ五百万円の金がないのだ」

「借金を払っているから金がない」

「借金はいくら払っているのだ」

「年に一千万円ずつ払っています」

「お前、嘘を言ってはいかん。個人が一年で一千万円も払えるわけがないだろう」

佐竹はしめたと思った。これだけの目利きの人が、俺の年間所得はそれだけ無いと思っている。ということは、世間のだれもがそのように思っているのだ。そして税務署も同じはずだ。佐竹は本当に一千万円の借金を返していた。佐竹の商売は店も持たない、人も使わない、派手さはどこにもない、軽自動車一台で商売をしていた。他人から見れば、個人が飯を食っていくだけの商売にしか見えなかったのかもしれない。稼ぎはそこそこあったが、金は本当になかった。借金払いにお金が消えていたからである。結果、本間末次郎が誘ってくれた金儲けの話には乗れなかった。残念で仕方がない。

そのうち世の中も段々と落ち着きを取り戻し、裁判所の競売物件も少なくなっていた。そして本間末次郎は仙台方面で仕事をするようになっていた。東京よりも地方都市の方が、利益が出ると言っていた。同時に佐竹の方に出されていたカギ交換の仕事はなくなっていた。しかし時々電話はある。

「俺だ、分かるか、幾つになった。この電話料は俺が払うのだ、しばらく話すぞ、電話を切るな」

年齢は八十をとうに超えている。さすがに仕事の話はなくなったが、しっかりとした話ぶりは昔とちっとも変わらない。そして電話の最後には必ず「たまには顔を見せろよ」と付け加えてくれる。

「短期の賃借権は担保権に優先する」

この法律について少し解説しておく。この法律がなぜできたのか、これは江戸時代の日本の生活状態からきている。江戸時代は、大家さんがいて庶民は長屋住まいであった。明治の世になって法律が制定された。長屋に住んでいる人達の生活権を守る為にできた法律である。即ち、大家さんが変わっても、あるいは大家さんが長屋を担保に入れても、店子である賃借人を追い出すことはできないように配慮された法律であった。

それから百五十年が経った。今この法律を悪用する人達がいる。先ほどの落札物件に荷物を持ち込む人達も悪用には違いない、しかしこれはまだ可愛い。現在行われている悪用はこんなものではない。

東京証券取引所に上場されている大企業が、この法律を悪用して多くの不動産投資家を騙している。賃借人がいない地域に賃貸物件を建て、一括借り上げだと言って家賃保証をしている物件がたくさんあるのだ。このような物件がこの法律を悪用することで成り立っているとしたら、政府は何か手を打たなければならないはずである。しかしそれはしない、なぜならば、住宅建設は大きな経済指標のバロメータになるからだ。法律の悪用があっても、騙される人がいても、経済成長のためには目を瞑る。これが日本政府のやることである。

家賃保証のからくりはこうである。一括借り上げの場合は、家を建てた建設会社が借主、賃借人である。ここがこの法律を悪用するポイントだ。家賃保証をして利回りを出し、家を建築して節税対策だと言って売りつける。もともと賃借人などいない地域である。家賃保証をした会社は赤字だが、しかしこれは大丈夫なのだ。最初にその分を見込んで、家の販売価格に上乗せしてある。しかし二年が経つと、家賃保証をした建築会社は賃借人に変身する。そして家賃の値下げを迫ってくる。ここからが大変である。自己資金で買った人は良い、収入が減るだけで済む、しかしローンを組んでいたら大変である。もともと市場価格よりも大幅に高い家を買っているのだ、たちまちローンの返済に行き詰まる。

今訴訟問題があちこちで起きている。ゼロ金利だと言って不動産投資をしている人達は、近い将来自己破産の道を選ばなければならない人達がたくさん出るはずだ。

もう一人だけ書くことにする。佐竹が商売を始めてすぐに知り合った、小宮弁護士である。女性であるが、なかなかの切れ者だ。目から鼻に抜けるような人物である。女にしておくにはもったいない、いや女だから良いのかもしれない。旦那も息子も弁護士である。即ち弁護士一家だ。事務所は埼玉県さいたま市浦和区にある。旦那は東京都千代田区神田に事務所を持っている。

様々な仕事に付き合ってきた。ご承知のように弁護士の仕事は、世の中で起きているトラブルを始末することである。この場合カギの仕事が絡むことが多い。

「鍵屋は佐竹だ、小宮先生はこのように決めています」

女子社員から佐竹は聞かされたことがあった。有難いことだ。様々な仕事を頂いたが、その中の一つ、二つを書くことにする。小宮弁護士は、どんな仕事でも、その内容をキッチリと説明してくれた。

川口市にあった地元スーパーの閉店に関する仕事であった。その昔、埼玉県川口市は工場地帯であった。佐竹が東京に出てきた頃の川口市は、黒い煙がもこもこと出て東京の空を汚していた。吉永小百合のデビュー作『キューポラのある街』の舞台となった所である。しかし近年は住宅都市に変身している。工場の跡地に大規模なショッピングモールが次々とできる。地元でコツコツとやってきた商売は経営が成り立たなくなっていく、その中の一つであった。三店舗あったが、これを一度に閉店する。従業員にも得意先にも知られないように、夜中のうちに一切を遮断する。スーパーマーケットの突然死である。

大変な作業であった。佐竹は前日、どんなカギが付いているのか下見に行った。すべてを調査し手際よく処理しなければ、三店舗のカギ交換を短時間で処理することはできない。当日の夜中○時頃から作業が始まった。小宮弁護士は女子社員二人を連れてきた。佐竹は大宮支店を教育している時期で、彼を連れて行ったが全く役には立たなかった。店舗のカギを表と裏口を交換する。金庫もあった。このカギも交換した。シャッターを閉めて、佐竹は用意してきたベニヤ板をシャッターにネジ止めする。そこに女子社員が、小宮法律事務所の告知書を張り付ける。朝従業員が出勤してきても入ることはできない。早朝に荷物を運びこむ業者もいた。朝来てビックリである。

仕事はこれだけではなかった。荷物を運ぶ為のトラックが五、六台あった。このトラックを隠す作業があったのだ。小宮弁護士が指定する場所に移動する。その運転を佐竹がやった。佐竹はトラックの運転は久しぶりである。真っ暗闇である。少し戸惑った。小宮弁護士がベンツで佐竹の足を務めてくれた。

この作業が終わってもまだ佐竹の仕事はあった。

「佐竹さん、浦和の事務所まで付き合ってよ、女の力ではこれを事務所まで運べない」

金庫の中にあったつり銭用の硬貨である。大変な量であった。ベンツの助手席の床に乗せたが、ベンツのスプリングが沈んだ。

佐竹は浦和まで同行した。板橋に帰った頃には夜はしらじら明けはじめていた。

浅草のかつら屋さんの仕事もした。かつら屋と言っても一般の人はピンとこないかもしれない。時代劇の映画のタイトル画面には必ずかつら屋の名前が出てくる。役者や芸者さん達のかつらを作る職人さん達が浅草には今もいる。これも夜中の仕事であった。小宮弁護士の事務所に勤務する女子社員の実家の仕事だと説明を受けた。

さいたま市岩槻の商店街の取り壊し作業の手伝いもした。カギ開け作業であったが、取り壊しの決まった家のカギ開けである。ほとんどは破綻で処理した。この作業はきつかった。仕事が大変だったわけではない。自分の身体がきつかった。『我総理大臣なりせば』を書きあげた後、ひどい下痢に襲われた。病院で胃カメラ、腸カメラ、ＣＴ、ウイルス検査など様々な検査を行ったが原因は分からなかった。そのさなかであった。久しぶりに佐竹に会った小宮先生は、この男も年を取り生気が無くなったと感じていたに違いない。

佐竹が会った人の中には、一期一会の人達もたくさんいる。その中にも心に残る人達は数えきれない程いた。そして様々なことも教わった。

「鍵屋さんが神様に見えます」

カギを落として家に入れずにいる人達から感謝されたことも、数えきれない程ある。

「私は神様ではない。神様はお金を取らない、私は鍵開け代をきちんともらいます」

佐竹の商売のやり方は、一期一会の人達を大事にした。それはこの人達から口コミで商売が次に繋がっていくからである。一人のお客と接する時間は長い時間ではない。限られた時間の中で、佐竹は人の心をつかむ術を会得していた。言葉使いも決して丁寧とは言えない、むしろ乱暴なほうである。しかし不思議と、一度接したお客は佐竹のファンになっていた。そのおかげで一度仕事をしたお客さんからは、何年経っても佐竹鍵店の電話番号を覚えていて電話がかかってくる。その数は数えきれない程ある。
時代の進展と共に鍵業界も不況の時代を迎え、鍵屋の多くが次々に廃業に追い込まれていく今日でも、佐竹鍵店は何とか商売が続いている。これはすべて、過去に巡り合った人達のおかげである。佐竹の指導を受けて開業した支店の人達も、高齢の為二店舗が閉鎖となったが、商売に生き詰まって廃業した店は一店もない。売り上げの減少に伴って、佐竹鍵店の暖簾代も月額一万円まで減額された。このように鍵業界の低迷の中でも、グループ全体で商売が続いているのは、その人の努力もある。同時に、過去に縁あった人達とのつながりがあって今日がある。この精神は佐竹鍵店全店の誇りであり、将来に対してこの信念は変わらない。

佐竹　忠

友への手紙

友田　清一　様

メールを頂き有難うございます。メールだと文字数が限られますので手紙を書くことにしました。話したい事は沢山あります。しばしお耳を（お目目かな）。

七十七歳になりました。近年の体力の衰えは、自分も年をとったなと言う実感です。仕事の方は続けていますが、鍵屋さんの商売も終わった商売になりました。年のせいもあって、積極的に仕事を取って行く気になれません。

それでも鍵屋の商売を始めて二十四年目になります。この間、様々な事がありました。六人の弟子を育てて、一人の脱落者もなく、皆それぞれに生活の糧を得るまでに成長してくれたことは、教えた者の喜びです。中でも目黒店は、私をはるかに超えて、関東では三本の指に数えられる鍵屋に成長してくれました。嬉しい限りです。

弟子の中には異色の人物もいました（服部不二夫さんとおっしゃる方で、高齢の為三年前に廃業しました）。私が証券会社勤務時代、新日本証券に債券業務の勉強に半年ほど行ったことがあります。その時から付き合いがあり、彼が会社を定年退職した後、私に弟子入りし、十四年間鍵屋として頑張ってくれました。彼の経歴は、慶応大学経済学部を卒業後、玉塚証券（新日本証券の前身）に入社、営業から調査部勤務が長く、今後の経済見通しなど、広く公表される資料作りに携わり、鉛筆以上重い物を持ったことがない方が、何を間違ったか無学無門の私に弟子入りし鍵屋になったのです。鉄の扉にドリルで穴をあけ、鍵の取り付けを十四年やりました。

そしてもう一人、これはサラリーマンの落ちこぼれを友人の紹介で引き受けましたが、教える方も教わる方も大変な思いをしました。鍵屋の業務は、落ちこぼれを作ることは許されません（人の家のカギを開ける事を教えるわけですから）。私のスパルタ教育が半年間続きました。

そばで見ている妻は「あなた、大の大人に、そんなことを言うのはやめなさいよ」と。しかし私は、心配する妻に対して「この野郎、五十三歳にもなって、俺のようなことを言ってくれる人に巡り合っていないのだ。巡り合っていても、鈍感だから気が付かないで過ぎてきたんだ、ここで一人前になれなかったら、この野郎の人生が終わる」そんなやり取りの一幕もありました。

しかし彼は素直さがあり、私のスパルタに泣きながらついて来てくれました。彼の方も、この人に付いて一人前になりたいとの思いがあったようです。結果、今では年老いた師匠を一番助けてくれています。

鍵屋の商売を始めて一人で稼いだお金は四億五千万になりました。この内原価は二十%ですから、相当なお金を稼ぎだしたはずですが、お金は全然残っていません。不思議な現象ですが、お金に嫌われてお金が逃げていく性分のようです。

ボケないうちにと思って、一昨年本も書きました。少しは売れると思っていましたが、一年半が過ぎ、売れ残った本が二百部ほど出版社から返ってきました。過疎地の図書館に贈るつもりで今準備中です。

しかし一方、本を出したおかげで新しいお付き合いも始まりました。堀江様とおっしゃる方で、三菱商事に長年勤務し海外勤務が長く、三か国語が話せるそうです。私の本を読んで、この様な本を書く人に会って話を聞いてみたいとのことで、お付き合いが始まりました。二、三か月に一回、丸荘証券時代の先輩の伊藤さんを交えた3人での昼食の会ができました。

堀江さんからは、様々な国の生の話を聞くことができます。伊藤さんからは、八十を過ぎてかくしゃくとし、元気を頂くことができます。二人とも私が書いたものを熱心に読んでくれています。有難いことです。

長く生きた人生のうち、様々なことがありました。成功有り失敗有り、波乱万丈の人生でしたが、多くの人に助けられ今日があると思っています。今のままで終着駅まで行けるならば、自分では良い人生であったと思っています。生まれながらの貧乏家庭で育ち、十四歳の時にはもう一人前に大人社会で働きました。あと五、六年今の商売を続けることができれば、八十数年の人生の内、七十年近く働くことになります。あの世に行って閻魔さんにお会いした時「お前は良く働いたな」と言われるのか、それとも「働くだけが能ではない」とお叱りを受けるのか楽しみです。

それもこれも健康であるがゆえにできることです。健康には留意していますが、最近耳が聞こえなくなりました。特にデジタル音は聞き取れません。病院でいろいろ検査もしましたが、特に悪いところはないそうです。ＣＴを撮った時「頭骸骨にひびが入り、そこから音が漏れているようなことはないか」と聞いてみましたが「そのようなことはありません」との答えでした。

年のせいか身体の方は段々と衰え、思うように動けなくなってきていますが、口の方だけはまだ達者です。毎日車に乗っている関係で、半年に一度ぐらいおまわりさんと喧嘩もします。これも一つのボケ防止につながっていると感謝していますが、おまわりさんには、他の人は捕まえてもいいが俺を捕まえるなと言ってあります。

それでも最近は、同封しました警視庁への果たし状を見せながら「国を相手取って裁判をしている」と言ったら、たいていのおまわりさんは道を開けてくれるようになりました。裁判など起こしていませんが、この質問状がカカシの役割をはたしてくれています。有難いことです。

まだまだ書きたいことは沢山ありますが、今日はここまでにしておきます。お互いに後期高齢者となり、頑張りは効かなくなりましたが、まだまだ先を生きなければなりません。身体を大切にお互いに長生きをしましょう。

平成二十八年四月二日

タクシーに乗っていた時の友達で、四月一日が佐竹の誕生日である。この日には毎年欠かさず「おめでとう」のメールが入る。その返事を書いたものだ。

佐竹忠の近況と現在の交友関係について少し書いておく、鍵屋の仕事は段々と少なくなってきた。佐竹鍵店の店舗数も減ってきた。しかしこの男は、常にだれかと戦っていないと毎日がつまらない男である。

現在は鍵屋の傍ら、ギューちゃんを細々とやっているようだ。見えない相手と常に戦っているのである。

プログラマーに頼んで独自の株価チャートも作り上げた。大儲けはできていないようだが、小遣程度の利益を上げているようだ。八十歳を前にして、三台のパソコンをフル活用している姿は見上げたものだ。この男、英語と数学以外は何でもできるようである。

「一芸に秀でる者はすべてに通じる」

この男の哲学である。

職場を転々としてきたこの男の交友関係も多岐にわたるが、中でも近年親しく付き合っている友達は、小幡と武藤である。共に証券会社時代からの付き合いで四十年の歴史を刻んできた。小幡はみんなを楽しくさせる一級品の酒を飲む、武藤は几帳面で寸分の狂いもない行動計画を立てる。この三人で一泊旅行をする。佐竹は前にも述べたように酒は一滴も飲まない男であるが、旅先で行き会う人と誰とでも話ができる特技を持っている。この三人が行った先々で作り上げたエピソードは数えきれない程ある。この物語も終わりに近づいた。従ってエピソードの全てを書くことはできない。佐竹が書いた三人旅の詩を紹介してこの物語の終わりにしたい。

晩生旅路

それぞれに、花も実もある人生の
花を咲かせた三人が、乗った列車は何処へ行く
山超え谷超え過ぎし日の、万感の思いここにあり

余生を楽しく過ごさんと、同じキップを携えて
乗った列車は何処へ行く
あぁ晩生の旅路かな

車窓に流れる風景は
過ぎし月日の糸車
人の心に触れたこと、人に心を寄せたこと
朝の空気を吸ったこと、赤い夕陽を眺めたこと
綺麗な華に心して、胸躍らせて過ぎた日々
あぁ晩生の旅路かな

空に浮かんだ綿の雲
田んぼに咲いた蓮華草
列車に乗ってみる夢は、いつも楽しい事ばかり
今日を楽しく語ること、明日を楽しく語ること

あぁ晩生の旅路かな

小幡君、君と語りて健やかに
武藤君、君と睦みて健やかに
三人楽しい旅をゆく、他人のうらやむ旅をゆく
今日を楽しく生きること、明日を楽しく生きること
あぁ晩生の旅路かな

何時か終わりは来るけれど
長く続いてほしい旅、どうかお願い閻魔さん
線路を長く伸ばしてよ、僕たち皆いい子だもの
長く乗っていたいから、細くていいから少しでも
線路を先に伸ばしてよ
あぁ晩生の旅路かな

平成二十四年三月三十日　佐竹　忠

この物語の下書きが終わった時、文章の一部を丸荘証券の先輩である布施さんに読んでもらった。

「佐竹さん人生でやり残した事はないでしょう」

彼はそう言った。

プラットホームのたたずまい（あとがき）

最近佐竹忠は、天国の安紀君の魂に向かって時々問いかけている時がある。

俺は、君の分まで立派な人生を生きてきたのだろうか。約束通り東京には出た。そして自分なりに頑張ったつもりだが、約束した一旗揚げることはできなかった。それでも君は、俺を許してくれるだろうか、天国に行って、君は将棋が強くなったであろう。俺の方は、あれ以来将棋を指すような余裕はなかった。

生活に追われ、仕事に追われ、そして俗世の人間との付き合いに明け暮れた。こいつらと時々喧嘩もした。その喧嘩には負けたことはなかったぞ。相手は大学出であろうと役人であろうとおまわりさんであろうと、みんな蹴散らして歩いてやった。それだけはあの世に行って君に会っても自慢できることだ。

君と別れてからの自分の人生は、苦労もあったが楽しいことも沢山あった。その生き方の中で君の分まで、俺は世の為人の為に働くことができたのか。思い返して見ると、どうも一人よがりで無理やり押し通して生きてきた面があるような気がする。しかしこれは許してほしい。そのような生き方をしないと、君も知っての通り俺には学問がない、頑張って生きる為には仕方がなかったのだ。

約束通り、兜町に出て株屋の世界も経験した。その為に大損をして苦労もした。丸の内のオフィス街を堂々と歩いていた時もあった。それから間もなく鍵屋になった。それと相前後してバブル崩壊があり、日本経済はおかしくなった。皆の所得が減少して苦しむ中、俺が始めた鍵屋の商売は繁盛した。この巡りあわせは、君が天国から応援してくれていたに違いない。そう思わないとどうにもつじつまが合わないことが沢山あった。そして俺に悪意を持って対峙した人たちの末路が悪い。俺を首にした会社も倒産に追い込まれている。これは、君をはじめ、俗世にいる時俺に好意的であった人達の魂が、天国から何かをしていたに違いない。

いろいろな付き合いの中で、君以外の友達も沢山できた。そして君と読んだ沢山の明治文学のおかげで、最近になって本も三冊書いた。三冊とも立派なものだ。世間からは認められなかったが、書いた本人としては満足している。

君は歳を取らないと思うが、俺はいささか歳を取った。足も腰もあまり丈夫ではなくなった。元気なのは口だけだ。俗世に別れを告げる時が近づいているようだ。君のいるところへ行く列車に乗る為に、今プラットホームに立っている。列車はいつ来るかわからない、時刻表を探したが何処にもない。駅員に聞いたが、天国行きの列車に時刻はありませんという。

「第一貴方は、天国に行けるかどうか分かりませんよ」と言われた。

「なぜだ」と聞いたら「それは貴方が生きてきた人生に問えばよいことです」と言われた。

どうやらここで列車は二つに分かれているようだ。しかし俺は天国に行けると信じている。そうでないと君に会うことができないから。

俺がそちらの世界に行くときは、たくさん人達が出迎えてくれる約束になっている。しかしその人達の顔は、まだ雲の中に見ることはできない。この状況だともう少しここで待つようだ。しかし君の所には必ず行く、そして尽きない話をたくさんしたいと思っている。

〈著者プロフィール〉

佐竹　忠（さたけ　ただし）

昭和14年4月1日、高知県四万十市に生まれる
昭和32年春、椎茸栽培に着手、成功の後上京
昭和36年7月、単身上京し町工場に住み込み就職、板橋工業（株）
昭和38年4月、青山陸送（株）運転手新車の陸送
昭和40年2月、柏自動車（株）タクシー乗務員
昭和41年4月からタクシー乗務の傍ら、四年間、村田簿記学校に通学
昭和46年5月、城北三菱電機商品販売（株）経理課
昭和48年、税理士試験　簿記論合格
昭和50年5月、国内証券会社、経理部
昭和61年3月、イギリス系証券会社東京支店、経理部
平成元年8月退職、（株）オーロラクリエイト設立（事業に失敗解散）
平成4年3月、佐竹鍵店を開業、六人の弟子を育成、現在五店舗を統括
平成12年、宅地建物取引主任者試験合格
平成26年9月『我総理大臣なりせば』を東京図書出版から発売
平成29年7月『朝ぼらけ』をＡｍａｚｏｎから発売

終着駅の手前

2017年12月20日　初版第1刷発行

著　者　佐竹　忠

発行所　ブイツーソリューション

〒466-0848 名古屋市昭和区長戸町4-40
電話 052-799-7391　Fax 052-799-7984

発売元　星雲社

〒112-0005 東京都文京区水道1-3-30
電話 03-3868-3275　Fax 03-3868-6588

印刷所　藤原印刷

ISBN 978-4-434-24087-4

JASRAC 出 1712591-701